人只是宇宙中会思考的虫子

虫 | 科幻中国
WORMS

EXPECTING FOR A CENTURY

百年守望

王晋康 等著

北京理工大学出版社
BEIJING INSTITUTE OF TECHNOLOGY PRESS

未来卷 ▎

科学只对客观负责

Science is answerable for objectiveness.

目录

死锁

人肉电脑

包卓然

未来

一

“正确率，正确率！”我火冒三丈地把小李刚刚提交的数据“啪”的一声砸在桌子上，抄起笔刷刷圈了几个大圈儿，“这儿，这儿，还有这儿！你自己看，这么简单的错误你也犯，这就是你一天的成果？干得再辛苦，结果不对，全等于白干！”

左边办公桌的小张从显示器后面伸出头偷瞄着我，我又转向他怒斥：“还有你，昨天给你布置的任务，这都要下班了，东西呢？这样的工作进度，这个饭碗你还想不想要了？”

小李壮着胆子抬起头，安慰我道：“老大，你先消消气，我们努力赶赶工，这笔单一定能完成。”

我扫视办公室一周，手下的员工们被我一瞪，一个个噤若寒蝉，低头死命地敲键盘。我叹了口气，语气软了下来：“说了多少遍了，我们要的是效率，既要保证准确，也要保证速度。我知道这笔业务时间紧，任务重，难度很大，但是大家吃的是金融这碗饭，就必然要承受巨大的压力。这笔单如果顺利完成，我们部门年底就能拿到大笔奖金，如果到最后搞砸了，这么一大笔损失，你们承担不起，我面对上头也扛不住。”我抬腕看了一眼手表，算算时间，一拍桌子，“全部留下加班！今天完不成清算，谁也别走！”

下班时间已过，办公室内依然灯火通明，座无虚席。我给大家叫了工作餐，一边捧着盒饭吃两口，一边握着鼠标在图表上做着标记，投入了数据的海洋……

当最后一个员工终于把结果汇报给我后，时间已近深夜，我打发他回家，自己又把所有数据分析整合，得出最终结论。等忙完这一切离开公司时，大街上已再无半个人影。

这里是S市著名的金融街，也是掌控全国经济命脉的龙盘虎踞之地，自然是寸土寸金，饶是我收入不菲，依然不能负担我们写字楼地下的一个停车位。我快步走向三个街区外的大型停车场，一边穿过马路，一边思考着今后几天的工作。

突然，斜刺里驶来一辆快速行驶的汽车，车里的司机显然也没想到这么晚还会有行人，明显反应不及，等我注意到响亮的鸣笛，车头已近在眼前，而我正在发愁工作上的事，被刺眼的灯光一晃，大脑一时短路，竟呆立在当场，忘了避让。

说时迟那时快，有人在后面猛地拉了我一把，拽得我一个趔趄，几乎摔倒在人行道，但也刚刚好与车的后视镜擦肩而过。

那辆差点儿杀了我的汽车连停都没停，喷着尾气扬长而去，转眼就没了身影。

我死里逃生，发了一阵抖，终于回过神来，捂着心窝大口地喘着气。我的救命恩人指着远去的汽车破口大骂，然后回来扶着我，关切地问：“学长，你没事吧？”

学长？闻此言，我仔细打量面前这位气喘吁吁的救命恩人，果然觉得十分面熟。

“潘辰！”我惊讶地叫起来，“没想到会遇见你！”

“嘿嘿……”潘辰憨憨地一笑，“学长，好久不见啊，我也没想到会遇见你呢……学长你刚刚好像没看路啊，在想事情？”

“是啊，工作上的事。”我随口说道，“人果然只能一心一意啊，可惜，可惜，不然工作效率会翻多少倍。”

几年不见，我对潘辰的近况倒是蛮好奇的，便问道：“你小子现在过得怎么样，在哪里高就啊？”

“唉，之前在一个公司工作过一段时间，去年被裁员了。”

“被裁了！”我吃惊地问，“为什么？”

潘辰不好意思地挠了挠后脑勺：“业绩不好呗，公司有的是替代品。学长你也知道，我们金融领域竞争多么激烈。”

我点头称是，优胜劣汰，弱肉强食，本就是自然界的生存法则，在这个行业尤甚。

潘辰看着我，不无辛酸地说道：“毕竟，跟学长这样的天才不同，我们这些学渣，只为求生存，就已经拼尽全力了。”

我的本科专业本来是计算机科学，大三时，我修完了计算机系的所有主要课程，将目光投向了当时大热的金融业。经过一年的准备，我以总分第一的成绩考取了S大金融系研究生，研二时更成为院长的助教，负责指导金融系的本科生们。因为这一点，我对学弟们都比较了解，可以说，潘辰是所有学生中最刻苦的一个，但他专业成绩一直平平，有些在我看来比较简单的内容，他往往需要钻研许久才能领悟。也就是在那时，我第一次意识到，世间真的存在一种叫作“天赋”的东西，而潘辰的天赋无疑不在金融这一行上。好在自古勤能补拙，他废寝忘食加倍努力，最终得以顺利毕业。

我无言以对，彼此都知根知底，此时如果过分谦虚，反倒显得虚伪。我试图转移话题："这大半夜的，你在这儿干什么呢？"

潘辰突然颇显局促，手下意识地往身后藏，支支吾吾地回答："没……没干什么。"

我注意到，他的手中有一叠印刷品，我向旁边看去，突然冲远处打了个招呼："呀，你也在这儿！"

潘辰回头寻找是谁，我趁他不备，一把抢过他手里的东西，借着路灯细看。

"快速信贷，安全低息，联系方式××××××。"

我张大嘴，难以置信地看着潘辰："你好歹也是S大金融系的毕业生，居然大半夜在金融街贴小广告？"

潘辰犹豫了一下，眼圈突然红了，他说："学长，我爷爷病了，我需要钱！"

我愕然。我对他的家庭略有耳闻，父母早逝，爷爷是他唯一的亲人，爷爷病倒对他的打击着实不小，为了给爷爷治病，他恐怕能做出任何事来。

我想了想，也只能毫无建树地安慰了他一番，然后从钱包里抽出一沓钱递给潘辰："拿着吧，不太多，毕竟有点儿用处。"

潘辰一番推托，我硬塞给了他，然后拍拍他的肩膀，转头向停车场走去。到停车场我回头一看，潘辰还呆立在原地，看着我离去的背影发愣。

我以为我不会再见到他，至少短期内不会。可谁能预料，命运会很快安排我们在一个意想不到的场合再次相遇。

二

3 个月后的年中考核，我们部门无功无过，但还是有两位员工被末位淘汰。

我正在安排这两位员工的离职事宜，人事部门打来电话，新人的复试面试马上就要开始，我作为考官之一，只得赶紧赶了过去。

头几位应试者表现平平，我和其他几位面试官都不甚满意。主考官念出下一个人的名字：“下一个，潘辰，进来。”

我微微一愣，转念又一想，那个笨小子怎么可能通得过我们以变态著称的笔试进入面试程序，一定是有人和他同名同姓罢了。

可是当应试者走进考场，向各位考官问好时，我惊讶地发现，来者还真是我认识的那个以勤补拙的学弟潘辰！

潘辰也看到了我，面露惊喜，我偷偷向他摆手，示意他不要声张。

面试开始了。

人事部门先问了几个常规性的问题，潘辰回答得很严谨，想必已有了充分的准备。

轮到我和另外两个专业考官了，我顾及潘辰的水平，问了一个较为简单的问题，他回答得滴水不漏。我暗暗松了口气，看来这小子终于长进了。

但是接下来，我旁边的考官从题库里挑了一道很难的题，这道题涉及几个分散知识点的结合，难度颇大，我心想，潘辰恐怕要栽了。

潘辰不假思索地回答道：“要回答这个问题，需要了解几个不同的知识，第一部分在教科书的 160 页。”然后，他竟然一字不差地把这一页的内容背了出来。紧接着，他又接连指出了其他几个知识点的出处，并且都背诵出来。最后，他把这些内容串连起来，进行了严密的分析，给出了完美的答案。

全场所有人都被他吸引住了，直到潘辰说道：“以上就是我的答案。”主考官当场决定，把题库中的标准答案换成潘辰的答案。有几个人甚至鼓起了掌。

我吃了一惊，想不到 3 月不见，这小子竟然精进如斯。我突然很想试探一下他的水平，于是给他出了一道我读研时在外国期刊上遇到的难题。这个问题我当年算了整整一上午，相信在场没人能做出来。出题后，我特别强调，计算量很大，所以他只需要给出思路即可。

潘辰笑了笑，突然闭上眼睛，不说话了。

他就这样一动不动地保持了两分钟。

“潘辰！”我试着叫他，没反应。

我们面面相觑，我心里有点儿发慌，走过去推了推他，他还是紧闭双眼，毫不理睬。

出事了！赶紧叫急救！我摸出手机，正要打急救电话，潘辰突然一下睁开眼睛，看着我，缓缓地说：“最后的期望值是 13.4 万。”

我浑身一震，慢慢转向面试官们，极力压抑着声音中的激动，说道：“他答对了！”

紧接着我向潘辰伸出手大声说：“小潘，士别三日，当刮目相看啊，想不到几个月不见，你进步这么大！欢迎加入我们公司！”

潘辰笑着握住我的手，答道：“谢谢学长！”

我的行为有两个意义。第一是代考官们拍板，这样一位人才，我们不可能放过。另一个则是向几位领导明示，这人是我的学弟，自然也要进入我的部门，成为我的嫡系人马。其他几个部门经理这时才反应过来，心里想必在狠狠地咒骂，但表面上依然热情地挨个和潘辰握手表示欢迎。

最后，我揽着他的肩膀送他离开，告诉他："回去好好休息一下，明天就可以来办理入职手续了。"

不出所料，潘辰果然被分配到我的部门。

第二天，他来报到时，与正在收拾东西滚蛋的小张擦肩而过。小张重重地哼了一声，我装作没听见，指着他空出来的格子间对潘辰说："小潘，以后你就坐这里。"

同事们对潘辰在考场上的表现多有耳闻，纷纷围过来热情地表达关怀，办公室一时甚嚣尘上，很是热闹。

潘辰调整好了桌椅高度，又把鼠标改成惯用的左手，这个格子间的前任主人的最后痕迹就此烟消云散，好像他从未存在过。

我对潘辰说："先熟悉一下环境，你专业基础很好，我看下午就可以开始工作了。"又转向他对面的小李，"你多多照顾一下新人，下午把让你做那份图表交给他试试。"随后我又叮嘱了几句，才回到了自己的办公室。

下午1点，午休结束，开始工作。

过了一个多小时，潘辰敲敲门，走了进来。

我以为他有什么问题，放下笔问他："什么事？"

潘辰递给我一张打印出来的图表："学长你看看，做成这样行吗？"

我惊讶极了，半信半疑地问："你……这就做完了？"

"嗯，"他点点头，"你过目一下吧。"

这份表小李花了两天还搞不定，我翻阅潘辰的图表，完成得清晰明了。

面试刚结束，我还存有疑虑，以为潘辰恰好看过相关资料，所以知道那道题的答案，现在我终于确信了，几个月不见，潘辰从以前资质平平的小学弟，一跃成了天才。

我盯着潘辰的眼睛，想要从他身上挖掘出这种飞跃的秘密，然而他一脸平静，无懈可击。

我表扬他："不错，完成得很好，回去歇一会儿吧，明天给你别的任务。"

三

第二天，我交给潘辰一些复杂的工作，我相信他能完成。

开始工作没一会儿，小李连门都没敲，慌慌张张地跑了进来。

"慌什么啊，这么大的人了，还这么不淡定！"我斥责他。

小李咽了下口水，语无伦次地说："老、老大，你快去看看潘辰吧，他的样子太吓人啦！"

我赶紧出去，走到潘辰的格子间。

潘辰在认真地工作，但他的动作太快了。他的左手握着鼠标飞速移动，而右手则在键盘上跳跃着上下翻飞，双手一刻不停，似乎根本不需要思考。不知情的人，会把他当成一个手速惊人的游戏高手。更可怕的是，他的两只眼睛在眼眶里飞快地转动着，像两只高速运转的齿轮，完全不像是人类的行为。

我观察了一会儿，突然明白了，他的眼睛在左中右 3 台显示器之间逐一停留，不断循环，但切换得太快，便成了飞快的旋转。

“潘辰！”我叫他，他听不见。

我又上去推他，他也毫无反应，跟面试时一模一样。

我想了想，抬手把中间的显示器关了。

潘辰“啊”的叫了一声，抬起头，仿佛刚从梦中惊醒，手和眼睛也恢复了正常。他似乎刚刚看到我，奇怪地问道：“学长，怎么了？”

我敲敲他的桌子，说：“跟我来。”然后领着他回到了我的办公室。

两人就座，我盯着他的眼睛，尽量蓄起威严，沉声问：“说吧，这到底怎么回事？”

潘辰果然有点儿底气不足，他小声问：“什么？”

“你不可思议的进步，还有你吓人的工作方式，这一切太古怪了。潘辰，这 3 个月，你身上究竟发生了什么？”

潘辰明显在犹豫。我板起脸孔，说：“潘辰，你的确很有才干，但是我们公司不敢接纳来历不明的怪人。”

潘辰犹疑地看着我，说道：“学长，你是我的恩人，我可以告诉你，但是这里面涉及保密协议，请你一定为我保密！”

我点点头，回答：“只要不违法，我是不会多管闲事的。”

潘辰喝了口水，开始了讲述：“你知道去年得了诺贝尔奖的陈教授吗？”

“嗯，知道，当时新闻上大肆报道了一番，我记得他是因为对人类大脑的研究成果而得到了医学奖，是吧？”对于第一个得到诺贝尔生理学或医学奖的中国人，媒体进行了长篇累牍的报道，所以事情过去一年，我仍有印象。

“是的，就是他。”潘辰说道，“3 个月前，我爷爷得了重病，需要大笔的医疗费，我的那点儿积蓄没几天就花光了，我只好到处找挣钱的机会。”

我点头表示记得，当时遇见潘辰的情景历历在目。

“一个偶然的机会，有人告诉我陈教授在募集一个实验志愿者，实验有一定的风险，但是报酬异常丰厚。我立刻联系了陈教授。也许是看到我出自名校，又正好缺钱，陈教授最后选择了我，并且提前支付了全部报酬，我就是用这笔钱治好了爷爷的病。”

我若有所悟地问：“陈教授是大脑研究的巨擘，莫非你现在的能力和这个实验有关？”

潘辰点点头，回答：“人类大脑的思维过程，说白了，就是生物电信号的传递过程，这你了解吧？”

“当然。”我在本科学计算机时，曾经选修过一门有关前沿计算机技术的课程，介绍生物计算机时，教授将人类大脑与计算机的构造做了一些有趣的类比，令我耳目一新，所以即使是多年后的今天，我依然保留着记忆。

“这个实验的基本原理，就是用电磁脉冲刺激大脑的某些区域，强化特定的电信号，从而达到增强大脑能力的目的。”潘辰介绍道。

“嗯，没记错的话，这种技术应该是叫经颅磁刺激，磁信号可以无衰减地穿过颅骨，改变生物电流的幅值，直接刺激大脑神经。针对大脑不同部位，的确能收到各异的效果。我记得美国科学家就研究过，用磁场刺激大脑海马体可以提高记忆力，还可以增强肌肉的响应。”我努力回忆，“但是这些研究已经有人做过，陈教授做这个研究又有什么意义？”

“哈哈，原来学长你还是内行。”潘辰很惊讶，“看来具体原理你可能比我还懂，陈教授说，他发现了一种新的方法，用磁脉冲信号，不仅可以简单地调节生物电信号的大小，更可以在一定程度上控制电信号传递的内容，用这种方法对大脑不同区域进行精密调节，能够最大程度地激发大脑潜能，让大脑分管不同神经的区域能够同时工作，而不是同一时间只能专注于一件事。通俗点讲，实验者可以实现真正意义上的三心二意，大大提高工作效率。”

我目瞪口呆，这种技术简直匪夷所思，远远超出了我的理解范围。我试着用自己熟悉的领域加以解释。

“也就是说，”我思索片刻说道，“你接受了这个实验，现在大脑已经变成了计算机的并行结构，可以实现多任务的同时处理？”

“没错，就是并行！所以我可以将工作分拆成几个部分同时完成，速度自然快了很多。此外，由于大脑的各个功能得到增强，又可以不受干扰地工作，我的计算、记忆、专注度等能力也有了显著的提高，这是实验的另一个收获。”潘辰总结道，“速度，专注，这就是我高效率完成工作的原因。”

我终于明白我挖到了怎样一块宝贝，我眼前的潘辰有着超人的大脑，代表着业内无人可及的工作效率，得他之助，我们部门的业绩一定会高歌猛进，我个人的前途也是一片光明了。

我想了想，问潘辰：“公司里别人都不知道这件事吧？”

“我只跟你说过。”

“好！”我拍拍潘辰肩膀，意味深长地说道，“你的能力超出常人太多，匹夫无罪，怀璧其罪，这件事还是低调为好。这样吧，你去找副墨镜，在单位就戴着，把你的眼睛遮上，别吓到其他同事。而且你最好分出点儿精力关注一下周围环境，不然别人叫你你都听不见，他们就会产生怀疑的。”

潘辰点头答应，我又表示了一番对他的器重，让他出去了。之后，我找机会对同事们解释了一番，说潘辰患有眼部疾病，见光流泪，只好在办公室也戴着墨镜，慢慢的，同事们也都习以为常了。

而潘辰的效率果然是出类拔萃的高，托他的福，我的部门不再需要加班，业绩也跃升为公司第一。我逐渐把所有重要工作都交给他，潘辰是个老好人，又经常帮别的同事做一些他们力不能及的工作，而这所有的任务，他全部都出色地完成了。

潘辰将这样的高效率保持了几个星期。这一天，我正在办公室工作，上司给我发来一份很重要的资料，让我尽快处理好，我理所当然地打算把它交给潘辰。

我走向潘辰，看见他还是在疯狂点着键鼠，眼睛被墨镜挡住，想必也是在 3 个屏幕间飞速移动吧。我突然想起早晨刚交给了他一项高强度的工作，现在再给他加重任务，会不会有点儿超负荷？不过转念一想，他可是多任务处理的“人肉计算机”，这点儿并行度，应该不在话下吧？于是我打断了他，给他布置了新的工作，叮嘱他几个任务都要抓紧。他点头表示了解，又投入了高速并行的工作模式之中。

潘辰来了之后，我的工作轻松了很多，主要负责做一些重要决策和最后的审核工作。不知不觉，已临近下班，我有点儿奇怪，按潘辰的速度，交给他的工作应该已经完成得差不多了，今天却没见他来汇报。我决定去看看他。

不对劲！

一走近他，我就发现了问题。他的左手握着鼠标，右手放在键盘上，脸也面对着显示器，姿势一如往常。

可是，他却一动不动。

我走过去，在他耳边轻轻呼唤：“小潘？潘辰！”

没有反应。

我又拍拍他，潘辰还是没有任何反应。

难道工作太繁重，以致他关闭了对外界的认知？

我抬起手，把他的墨镜摘了下来。

他的眼睛一瞬不瞬地盯着显示器，整个人如同一个泥塑木偶，呆呆地坐着。

我慌了神，颤抖着把手伸到他的鼻子底下……

还好，还有呼吸。

这是怎么回事呢？我陷入了思考。

潘辰现在的状态，显然不是普通的昏迷或休克，只可能和他所接受的实验有关，他的情况与其说是失去意识，反而更类似于计算机在程序运行时陷入了异常状态。

异常？我觉得自己找到了方向。如果潘辰的大脑真的参考计算机的构造与原理被改造成了一台性能强大的“人肉电脑”，那么出现与计算机类似的 BUG 也不无可能。关键是，是什么条件触发了这个罕见的 BUG 呢？

潘辰的三台显示器上并排展开了四个窗口，两个是我安排的工作，一个本来是小李的任务，一个则是员工每天必填的工作总结。这个时候，我无暇顾及小李的偷懒，仔细观察潘辰的情景。他的左手控制着鼠标，停留在第一个窗口上，右手放在键盘上，正在往第二个窗口的文档打字。我顺着他的目光看去，他的眼神正停留在第三个窗口的数据上。直觉告诉我，他的大脑恐怕正在进行着第四项任务的分析运算。

我心中一动，这种怪异的排列对我来说似乎有一种奇妙的熟悉感……

我思考良久，突然灵光一闪，恍然大悟。

但是，首先，我要确认一件事。

我从潘辰的口袋里找到他的手机，一番查找，很快就在“联系人”一栏中找到了“陈教授”三个字。我深吸一口气，拨打过去……

与陈教授的一番交流，证实了我的猜想，潘辰是金融学出身，对脑科学和计算机科学都知之甚少，他并没有完全理解这个实验的原理。

他的大脑的工作方式，不是并行，而是并发！

而并发的工作方式，有时会导致一种异常状态——死锁。

他的大脑现在无疑在高速地运转着，却不能进行任何工作，只是在一味地空转。这有点儿像我们平时遇到的死机现象，而对付死机，最简单有效的办法当然是——重启。

注射药物让他昏睡过去？倒也不失为一个方法，但办公室条件有限，上哪儿去找安眠镇静针剂？况且剂量如果拿捏不准，弄不好要出人命的！送他去医院？这个会喘气的活体木偶可是条壮汉，送他到医院去，我一个人怕是没有足够的体力……没关系，我还有更加简便的方法。

虽然粗暴了点儿。

我向四周看看，同事们早已下班，办公室里只剩下我们两个人。

我在资料架上稍微选了选，抄起一本比门板还厚的金融资料图书，正要动手，我想了想，还是脱下外套在上面紧紧缠了几圈，然后伸展四肢，挥臂练习了几下棒球的击球动作。

然后，向他的后脑勺重重挥了下去！

四

陪了潘辰4个小时，他终于悠悠醒转，在我的办公室里，一边揉着脑袋向我抱怨下手太重，一边喝着速溶咖啡，等待我的解释。

我端着咖啡罐和热水壶走到桌前坐下，时隔多年后，又一次开始了对学弟潘辰的教导。

“你看，我现在想要冲一杯咖啡，需要咖啡罐和水壶。如果我先拿到咖啡，”我伸手拿起咖啡，往杯子里放了两勺，“又拿到水壶，”我又将热水倒入杯中，“一杯咖啡就冲好了，任务完成了，对吧？”

潘辰点点头，不明所以地看着我。

我接着说道；“如果你也想冲一杯咖啡，你开始的比我晚，当我放下咖啡罐，你把它拿起来，我放下水壶，又被你拿到了，这样，我有了一杯咖啡，你也可以冲一杯咖啡，我们就完成了两项任务。”

这里的逻辑很简单，潘辰点头认可。

“那么问题来了，”我继续说，“如果我俩同时想冲一杯咖啡，我拿到了咖啡罐，”我拿起咖啡罐，又把水壶推到他面前，“而你拿到了水壶，我们都想尽快完成自己的任务，不愿放弃自己手头的资源，又都拿不到别人的资源，会怎么样？”

潘辰答道：“我俩会互相等待对方放手，但谁也不会放下自己的资源，所以，我们会无尽地等待下去。”

我赞许地点点头，道：“我的课讲完了，这就是死锁。”

潘辰的超级大脑立即搞明白了事情的来龙去脉，他分析道：“当几个工作需要同样的一样或几样资源，它们又各自占有一样资源不愿放弃，就形成了死锁。我工作时同时需要几样资源，左手握鼠标，右手敲键盘，眼睛看屏幕，大脑分析运算。当时，我用鼠标点击第一个页面，右手在第二个窗口打字，眼睛看着第三个窗口，大脑又在想着工作总结，四项工作各占一样资源互不相让，最终进入了死锁状态。”

“不错，”我补充道，“我已经跟陈教授确认过，事实上，你的大脑工作在运用并发的方式，而不是你以为的并行方式。并行方式，是指两个任务可以同时处理，完全独立地运行，需要两个以上的处理核心各自为政。而并发方式则是把任务分成几份，在它们之间快速切换。事实上，同一时刻，你的大脑还是在处理一项工作，只是切换得太快，宏观上，它们就在同时进行了。以前你同时进行两项工作，或许大脑还可胜任，但当任务多达四个，一段时间之后，你的大脑不堪重负，一个疏忽，在切换时出现了错误，把资源分散给了不同的任务，于是造成了死锁。”

潘辰这下彻底明白了，他想了想，又问道：“学长，你看，有什么解决办法呢？”

“我刚才也在想这个问题，解决死锁最简单的方法就是增加资源，如果你有两个大脑四只手，一切就都解决了，但这显然是不可能的。另一个方法仅仅是我的设想，你可以试试。今后，你每次开始工作前，都要先在大脑里排出工作的优先顺序，每当任务之间切换时，都要先想一下，是否有可能发生冲突，如果有可能，你就要按照这个顺序，把排在前面的工作优先完成，而不是让它们平等地竞争。这样，优先的任务可以先占有全部资源，死锁也就可以避免了。你可以先训练一下，刚开始也许会很慢，但时间一久，等你适应过来，效率就会恢复了。”

潘辰立刻领会了我的用意，点头道：“好的，就这么办。”

我提醒道：“别忘了，呼吸、心跳等工作是最优先的，首先，你要保证自己活着。”

五

潘辰按我的方法开始练习，刚开始，他的效率大打折扣，但经过多次实践，他的大脑形成了条件反射，将反应时间缩到了最短，于是他的工作效率又恢复到了原先的水准，而死锁现象也再没有出现。

我大感欣慰，看来，潘辰终于又恢复成为我们部门的头号利器了。

这天的会议上，有一个重大议题需要讨论，我们将要决定是否收购一家业内的竞争对手，必须在 3 天内拿出意见。我力主并购，除了基于公司利益考虑，还有一个私人原因——总经理即将退休，副总必然顺位，如无意外，空出的副总位置，将在我和另一位部门经理之间产生。这家待收购公司的副总恰巧是我的同学，自然共同进退，如果并购成功，公司结构调整后，我们将在公司里掌握更多的话语权。

不过，我的竞争对手大概也明白这一点，所以他竭力反对这次并购。我们双方在会议上针锋相对，吵得不可开交。

我停止了争执，微微一笑道："罢了，看来我们是谁也说服不了谁了，不如这样，我们金融行业向来是数字说话，这几天，我们把这家公司历年的财报、与我们的合作与竞争情况，以及我们从其他渠道得到的商业情报都细致地评估一遍，做一份分析报告，三天后的会议上，大家来做最终决定，如何？"

总经理略加思考，同意了我的提议。

要知道，公司历年财报信息加上其他大小情报，数据量可谓浩如烟海，凭一个部门的内部力量，想在 3 天内得出精确的分析报告无异于天方夜谭。但我可以，我有潘辰。

会后，我回到部门，潘辰正趴在桌子上打盹，我把他叫进办公室，给他单独布置任务。

“小潘，把这个公司的历年财报和我们能打探到的所有信息都分析一下，整理一个详细的报告，一定能说服总经理和董事会并购这家公司。再做一份详细的并购计划书，另外，想一想对方可能反对并购的理由，给我一一反驳掉！”

3天之内要完成这么多工作，听上去简直惨无人道，但我了解潘辰的能力，他足以胜任。

潘辰正要离开，我叫住他：“这个事非常重要，越快、越详细越好，去吧。”

午休时间，大家都去就餐，我看到潘辰依然在埋头苦干，过去拍拍他说：“小潘，不用这么拼命，先吃饭。”

“学长你先去吧，不知怎么回事，我没什么食欲。”

话既如此，我只好留下他，自己去吃饭了。

到了下班时间，我看到潘辰还在工作，没有离去的意思。我对他说：“小潘，这些工作明天做也来得及的，别人都要把我当成剥削劳动力的资本家了。”

“嗯，学长，我把这部分做完就走。”

我看着卖力工作的潘辰，心里十分感动，暗下决心，等我升职了，一定不能亏待他。我夸奖他一番，离开了公司。

然而事情变得诡异起来。

第二天，当我准时来到公司，看到潘辰的样子时，吓了一大跳。

他双眼布满血丝，挂着重重的黑眼圈，整个人显得疲惫不堪，但他依然在对着电脑，疯狂地敲着键盘。

我大为震惊，问潘辰：“你到底几点来上班的？”

潘辰带着哭腔，惶急地回答：“我还没下班呢，我，我停不下来了！”

潘辰没吃饭，没睡觉，在办公室工作了一天一夜！

我惊呆了：“你疯了吧！工作再重要，也不能不要命啊！”

“我知道，可是我明明知道该停下来休息，但大脑就是不能停止思考去干别的，只能一刻不停地做这份工作。我要饿死了！”潘辰疲倦地回答。

我终于意识到，又出问题了！

有了上一次的经验，我很快想到了一种可能的解释。

潘辰的优先顺序表上，排在第一位的，一定是呼吸、心跳等保持生命体征的工作，第二位，应该是吃饭、睡觉等提供生存能量的行为，然后也许会是打盹、偷懒、发呆、开小差等日常行为，接下来才是工作内容的逐一安排。

跟一部分人所以为的不同，人在睡眠时，大脑并没有完全停止工作。事实上，一部分大脑皮质和神经细胞会进行休息，而另一部分则会更加兴奋。这也是有人梦游、说梦话的原因。因此也可以理解为，人在睡眠时，仍然需要一些特定的脑部资源。我的专业知识有限，无法确定究竟是大脑的哪些部分导致了潘辰这次的行为异常，人脑的奥秘无穷无尽，科学发展至今，依然不能窥其万一，潘辰的实验又如此复杂，我所能做的，也仅仅只是猜测。

假设，人在睡觉时，依然需要大脑的某部分保持活跃状态，没有它，大脑就不能正常睡眠，我们称它为资源 X。再假设，人在日常活动，例如小憩、放松、打哈欠，或另外一些生理活动时，也需要用到资源 X，如果真是这样，就会导致一种奇怪的现象。

我猜想，大概是由于我反复强调这次工作的重要性，潘辰把这份工作的顺序提到了日常活动的前面，排在吃饭、睡觉的后面。这就意味着，工作没有做完，他就不可以偷懒、发呆、开小差，这本是一件好事，却造成了意外的后果。我给他布置任务时，他正在打盹，占用了资源 X，而这时，他的工作插进来，排在了打盹的前面，如果他不完成所有工作，他就不可以将进行到一半的打盹完成，资源 X 也就被无限地占用。不幸的是，资源 X 正是人的睡眠所不可或缺的，资源 X 不被释放，他就不能进行深度睡眠。种种巧合导致的最终结果是，本来优先于工作的睡眠，由于资源 X 被低优先级的任务占用，反而被压在了工作的后面，工作不完成，他就永远不可以睡觉。想必，不能吃饭也是基于同样的原因。这种现象在计算机科学上也时有发生，叫作“优先级翻转”。

这是一个很疯狂的猜测，但由于潘辰自身的特殊性，这个猜测的可能性很高。我对这个匪夷所思的意外简直束手无策，看来，手头工作做不完，他就不可能停下来，但看潘辰现在的样子，他似乎随时都可能昏死过去。

我只好动用私人关系，找我的医生朋友帮忙，来给他注射上营养液，防止他虚脱，又对外编造了一些生硬的借口，对他的行为异常进行搪塞。

半死不活地挂着点滴狂敲键盘的潘辰，成为办公室中的一道奇景。

潘辰不吃不喝，不眠不休地连续工作了 32 个小时，在文件保存完毕的一刹那，潘辰一头栽倒在办公桌上。

我赶紧让人把他送到医院，幸好，他的身体并无大碍，只是需要休息。我长舒一口气，给他放了两周的假，告诉他，现在，好好休息是最高优先级。

两天后的决策会议上，我用精准严密的数据让所有人都心悦诚服，用完备细致的规划让领导们赞不绝口，用鞭辟入里的论证让对手哑口无言。

董事会当场决定完成公司并购，由我全权负责。

我方完胜。

然而我知道，荣耀归于我，功劳归于潘辰。

六

会议结束后，我去医院探望潘辰，卖力地表扬和感谢了他一番，顺带给他解释了这次他行为异常的原因。

潘辰静静地听完，想了一会儿，说，看来这个实验还是考虑不周，产生了不少的后遗症，以后指不定还会出什么乱子……正好昨天陈教授打来电话，回访的时间到了，他打算让陈教授想想办法，看看能做什么改进。

我当然支持，又叮嘱他以后万万不可以这么拼命，这才离开医院。

两周后，潘辰休假结束，回到公司上班。

我问他："陈教授怎么说？"

潘辰轻描淡写地回答，"说是对什么胼胝体动了个手术，进行了改造，现在能真正同时进行两件事了。"

我对胼胝体这个名词略有印象，出于好奇，我上网搜索了一下。

这一搜索，令我颇为不安。

简单来说，胼胝体就是桥接大脑左右半球的通信枢纽，能将一侧大脑皮层的活动传给另一侧，例如，如果右手学会了一种动作，左手虽然没有经过训练，但也可以在某种程度上完成这种动作，这正是因为左脑将右手的学习活动通过胼胝体传给了右脑。历史上曾用胼胝体切开手术来治疗严重的癫痫病患者，经过这种手术的人大脑左右半球完全分离，被称为“裂脑人”。胼胝体切开术对治疗癫痫病立竿见影，却带来了其他意想不到的问题。一个比较诡异的案例是，一天，一个裂脑人的医生看到她的左手正在解扣子，但她自己却不知道。经过提醒，她赶紧用自己的右手去重新系上扣子，但只要右手一停，左手就会再去把扣子解开。后来，她的左手还会不知不觉地从自己的口袋里拿东西，所以她经常莫名其妙地丢东西。到了后期，她甚至出现了人格分裂的倾向……

这些古怪的案例看得我脊背发凉，只好暗暗安慰自己，陈教授是世界级大师，他的方法不会是这种简单的切开手术，肯定有什么复杂、高级的保护措施。但是同时，我也提醒自己，对潘辰要多多留心，别再出什么意外了。

等到潘辰工作时，我让他摘下墨镜，仔细观察，他准备了两套键盘和鼠标，双手各用一套，而他的两只眼睛竟然可以分别看向不同的方向，这样，双手和双眼，就成为了两副独立的操作系统。他的右脑控制左手和左眼，左脑控制右脑和右眼，他现在的表现无疑暗示着，他的左右半球已经可以独立工作了。看来，陈教授果然对他的胼胝体做了不小的改造。

对大脑的二次提升取得了显著成果，从此，潘辰保持了一贯的高效率，也再没有出现以前那些异常情况。

随着时间流逝，我渐渐放下心来。

一晃到了年底，年后总经理就会卸任，对于拿到副总的位置，我信心满满，但仍不敢大意。我的工作变得忙碌起来，一方面，管理工作和年终总结是不能交给潘辰的，另一方面，我总觉得这小子最近有些反常，对我的命令也不像以前那样巨细无遗地认真执行了。功高盖主，自古有之，不得不防。而我的竞争对手也在蠢蠢欲动，想在年关之前抓住我的破绽翻盘。我感受到了前所未有的压力。

我经常在办公室暗中观察潘辰的举动。现在，他正在打手机，寒暄了两句，他边打着哈哈，边若无其事地走出办公室。

我觉得苗头不对，他似乎在有意避人耳目。他刚一出门，我招呼小李过来，吩咐他去偷听潘辰的电话。

10分钟后，小李带着一脸的幸灾乐祸回来汇报："老大，潘辰要跳槽！他在和对方谈报酬，他们可是花了大价钱！"

我知道小李被潘辰压得抬不起头，可是他那幸灾乐祸也表现得太明显了。我挥挥手让他走，自己陷入了沉思。

现在正是关键时期，如果潘辰真的在此时撂挑子不干，我的业绩必定会突然下滑，而万一他去了我们的对手公司，我无法留住人才，更是难辞其咎。这对我的打击无疑是致命的。

我意识到，我以前是太倚重他了，现在已是骑虎难下。潘辰只有一个，如果他走了，我到哪里去找替代品呢？

真的没有吗？

或许可以再造一个这种"天才"？

有没有人愿意冒着手术的风险，将大脑潜能开发到极限，从此可以在行业内呼风唤雨？有没有人现在正处于生死一线，急需借助超常的力量渡过难关？有没有人其实在心里忌惮着比自己还能干的部下，曾经的天才光辉已经彻底被部下所掩盖？

或许……那个人……是我？

我想了一遍，一遍，又一遍，终于下定了决心。

我把潘辰叫到办公室，和蔼可亲地问道：“小潘啊，我看你最近状态不太好啊，是不是你之前的手术有什么问题？”

潘辰淡淡地回答：“谢谢老大关心，我没有问题。”

我不死心，又接着问：“要不这样，你把陈教授的联系方式给我，我问问他到底怎么回事，关心下属，本来就是上级应该做的。”其实当初我和陈教授通过电话，但当时救人要紧，慌张中我居然没有抄下陈教授的电话号码。

潘辰竟然笑了。他什么也没说，只是这样噙着一丝笑意，默默地看着我，但我感觉到，他已经将我彻底看穿。

他果然变得不一样了。

我尴尬地咳嗽一声，索性打开天窗说亮话：“小潘，现在是我升职的关键时刻，我需要竭尽所能加强自身实力。你放心，你是我的嫡系人马，只要我当上副总，这个部门经理的位置一定是你的！”

潘辰犹豫了。他在思考。我看到，他的两只眼睛瞪向左边，又一下子转到右边，这样反复了几次。忽然，他双手抱头，发出低沉的呻吟，豆大的汗珠顺着他痉挛变形的脸淌下来，像是在经历巨大的痛苦。

我恐惧地看着眼前的一切，不知道究竟发生了什么事。

突然，一切停止了。潘辰平静下来，就像什么事都没有发生过。他抬起头盯着我看了一会儿，用右手抓起笔，在桌上的便笺本上写下了一行地址。

然后，他看着我笑了笑，轻轻地说：“老大，一言为定哦。”之后，他便离开了办公室。

我被刚才的一幕吓坏了，但犹豫一番，最后还是决定去陈教授那里看看。

七

谁能想到，诺贝尔生理学或医学奖获得者的实验室，竟然建在郊外。

我开车向潘辰留下的地址驶去，穿过极尽繁华的S街，也经过方兴未艾的城乡结合部。

车窗之外，各色人等擦肩而过，去展开自己的人生。有人在马路上行色匆匆、心力交瘁，有人则在豪车里左拥右抱、享尽荣华；有人在为下一顿饭的着落担忧，有人却在为推不开应酬苦恼；有人用健康换取金钱而义无反顾，有人想花钱换回健康却求之不得；有人胸怀大志，可惜时运不济，不得施展，有人却看尽浮华，只想粗茶淡饭，了此残生。这个世界，所有人都对自己所拥有的视而不见，却在艳羡着别人那不可能属于自己的资源，形成一个又一个无解的死锁，永无休止……

我站在陈教授实验室的门前，带着最后一丝踌躇。

忐忑之中，我并没有看到，口袋里的手机屏幕一闪，一条信息发送进来。

信息很短，只有5个字：

学长，不要去！

发信人：潘辰。

我推开门，走了进去。

杀人偿命

以恶制恶

王晋康

本世纪初，一代科学狂人胡狼（有关胡狼和白王雷的故事，参见本人的小说《科学狂人之死》）所发明的“人体多切面同步扫描及重砌技术”，即俗称的“人体复制术”，已经广泛应用于星际旅行。这项技术实际上终结了人类“天潢贵胄”的地位，把无比尊贵神秘的“人”解构为普通的物质。当然了，这种解构也激起了人类社会强烈的反弹，其结果便是两项有关“人”的神圣法则的确立，即：

个体生命唯一性法则；

个体生存权对等性法则；

一个附带的结果是：在人类社会摒弃死刑200年后，古老的“杀人偿命”律条又回到现代法律中来……

——摘自女作家白王雷所著《百年回首》

地球－火星073次航班（虚拟航班）到站了，从地球发来的携带高密度信息的电波，经过14分钟的光速旅行到达火星站。后者的巨型计算机迅速对信息解压缩，并依这些信息进行人体重建。这个过程耗时甚长，30分钟后，第一个“重生”的旅客在重建室里逐渐成形。这是一个 50 岁的男人，赤裸的身体，板寸发式，肌肉极强健，脸上和胸前各有一道很深的刀疤。身上遍布狞恶的刺青，大多为蛇的图案。他的身体重建全部完成后，随着一声响铃，一条确认信息发回地球。等它到达地球，那儿就会自动启动一道程序，把暂存在地球空天港扫描室的旅客原件进行气化销毁。

像所有经过身体重建的旅客一样，这个人先用迷茫的目光四处环顾，脑海中闪现出第一道思维波：我是谁？

人体（包括大脑）的精确复制，同时复制了这人的人生经历和爱憎喜怒。等第一波电火花扫过大脑，他立即回忆起了一切，目光也变得阴鸷。他是金老虎，地球上著名的黑帮头子，此次来火星是要亲手杀死一个仇人，为他的独子报仇。一年前，他的儿子因奸杀两名少女被审判，为了从法律中救出儿子，他用尽了浑身解数。按说以他的势力，让儿子逃脱死刑并不是特别困难的事，但不幸这次他遇到的主审法官是罗大义，一粒煮不熟砸不碎的铁豌豆，对他的威胁利诱硬是油盐不进。儿子被注射处死的当天，他找到这个家伙，当着众人的面，冷酷地说：“你杀了我儿子，我一定要亲手杀死你！”

姓罗的家伙不为所动，笑着说：“你要亲自动手？那好啊，能与你这样的超级恶棍同归于尽，也值了。”

金老虎冷笑着：“你是说那条‘杀人偿命’的狗屁法律？姓罗的我告诉你，这回只是我偶然的失败，很丢脸的失败，下一次决不会重蹈覆辙了。我不但要在公开场合亲手杀了你，还一定能设法从法网中脱身。不信咱们走着瞧。”

罗大义仍然笑着：“好的，我拭目以待。”

这会儿金老虎走出重建室，穿上衣服。两个先期抵达的手下已经候在门口，递给他一只手表和一把带血槽的快刀，这是按金老虎的吩咐准备的，他说不要现代化的武器，用这样的古老武器来进行复仇最解恨。他戴好手表，用拇指拨一拨刀锋，欣赏着利刃特有的轻快的哧哧声，然后把快刀藏在衣服下，耐心地等着。罗大义也在这个航班上，是来火星做巡回法官。

上次的失败不仅让金老虎失去独子，更让他在江湖上丢了面子。他必须公开、亲自复仇，才能挽回他在黑道上的权威。至于杀人的法律后果，他没什么好担心的，经过与法律顾问戈贝尔一年来的缜密策划，他们已经在法律上找到一个足够大的漏洞。戈贝尔打了保票，保证在他公开行凶后仍能避开法律的惩罚。

随着重建室里一遍遍的铃声，“重生”的旅客一个个走出来。现在，赤裸的罗大义出来了，面容平静，正在穿衣服。金老虎走过去，冷冷地说：“姓罗的，我来兑现诺言了。”

罗大义扭头看到他手中的快刀，非常震惊。他虽然一直在提防着金老虎，也做好了赴死的准备，但没想到金老虎竟敢在空天港杀人。这儿人来人往，至少有几十双眼睛看着，还有24小时监控录像，在这儿行凶，绝不可能逃脱法律的惩罚。难道金老虎……但他已经来不及做出反应了，两个打手扑过来，从身后紧紧抱住他，金老虎举高左腕，让他看清手表的盘面，狞笑着说：“你不妨记住你送命的时间。现在是你完成重建后的第八分钟，这个特殊的时刻将会帮我脱罪。姓罗的你给我死吧！”

他对准罗大义的心脏狠狠捅了一刀，刀没至柄，鲜血从血槽里喷射出来。周围一片惊骇的喊声，有人忙着报警，远处的几名警察发现了这儿的异常，迅速向这里跑来。在生命的最后一息，罗大义挣扎着说：“你逃不了法律的惩……”

两个月后，审判在案发地火星举行。除了五名陪审员是在本地甄选外，其他五名地球籍陪审员以及罗大义去世后继任的巡回法官劳尔，已经通过空间传输来到火星。地球籍陪审员中包括白王雷女士，她已经是 108 岁的高龄，但受惠于精妙的空间传输技术，百岁老人也能轻松地享受星际旅行了。这位世纪老人曾是龚古尔文学奖得主，是一代科学狂人胡狼的生死恋人。由于胡狼的特殊历史地位（人体空间传输技术的奠基人），再加上她本人德高望重，所以毫无疑问，白王雷在陪审员中的地位举足轻重。

同时到达的还有罗大义的遗孀和两个女儿。她们戴着黑纱，手里高举着死者的遗像。黑色的镜框里，那位舍生就义的法官悲凉地注视着已与他阴阳两隔的世界。法庭旁听席上还坐着上次奸杀案两名被害少女的十几名家属，他们都沉默不语，手里扯着两幅手写的横幅：

为罗法官讨回公道!

为我们的女儿讨回公道!

两行字墨迹未干，力透纸背。家属们的悲愤在法庭内激起了强烈的共鸣。

公诉人宣读了起诉书。这桩故意杀人案性质极为恶劣，是对法律的公然挑衅，而且证据确凿，单是愿意做证的现场证人就有 64 人，还有清晰连续的案发现场录像，应该说审判结果毫无悬念。但公诉人不敢大意。金老虎势力极大，诡计多端，又有一个比狐狸还狡猾的律师。他虽然恶贯满盈，但迄今为止，法律一直奈何不了他。这次他尽管是在公开场合亲手杀人，但他曾多次挑衅性地扬言，一定能找到逃避法律惩处的方法。

且看他的律师如何翻云覆雨吧。

金老虎昂首站在被告席上，用阴鸷的目光扫视众人，刀疤处的肌肉不时微微颤动，一副“我就是恶棍，你奈我何”的泼皮相，一点也不在乎众人的敌意。律师戈贝尔从外貌上看则是一个标准的绅士，鹤发童颜，温文尔雅，戴着金边眼镜，头发一丝不乱，说话慢条斯理，脸上始终带着亲切的微笑。当然，没人会被他的外貌所欺骗，在此前涉及金氏家族的多起案件中，他就是带着这样亲切的微笑，多次帮金老虎脱罪的……

轮到被告方做陈述了。被告律师戈贝尔起身，笑着对庭上和旁听席点头致意：“我先说几句题外话。我想对在座的白王雷女士表示崇高的敬意。”戈贝尔向陪审员席上深深鞠躬，“白女士是一代科学伟人胡狼先生的生死恋人，而胡狼先生又是空间传输技术的奠基人。今天我们能在火星上参加审判，其实就是受胡狼先生之惠。我早就盼着，能当面向白女士表达我的仰慕之情。”

满头银发的白女士早就熟悉面前这两人：一个脸带刀疤的恶棍和一个温文尔雅的恶棍。她没有让内心的憎恶流露出来，微微欠身，平静地说：“谢谢。”

戈贝尔转向主审法官，正式开始陈述：“首先，我要代表我的当事人向法庭承认，基于血亲复仇的原则，他确实在两个月前，在火星空天港的重建室门口，亲手杀死了一个被称作‘罗大义’的家伙，时间是这家伙完成重建后第八分钟，以上情况有众多证人和录像做证，我方亦无异议。”

法官和听众都没料到他会这样轻易地认罪，下边响起嘈杂声。法官皱起眉头想警告他，因为在法庭上使用“家伙”这样粗鄙的字眼儿是不合适的。戈贝尔非常机灵，抢在法官说话之前笑着说：“请法官和罗大义的亲属原谅，我用‘家伙’来称呼被害人并非是鄙称，而是想避免使用一个定义明确的词：‘人’。‘人’这个名词是万万不能随便使用的，否则我就是默认我的当事人犯了‘故意杀人罪’。”他话锋一转，“不，我的当事人并未杀‘人’。”他用重音念出末尾这个字，“下面我将给出说明。”

公诉人警惕地看着他，知道自己将面对一场诡异难料的反攻。

“法官先生，请允许我详细叙述人体空间传输技术的一些技术细节。一会儿大家将会看到，这些技术细节对审判的量刑至关重要。”

“请只讲与案件有关的东西。”法官简洁地说。

“好的，我会这样做。我想回忆一段历史。众所周知，胡狼先生当年发明这项技术的初衷，其实并非空间旅行，而是人体复制。这是一个惊世骇俗的甚至本质上很邪恶的发明。想想吧，用最普通的碳氢氧磷等原子进行多切面的堆砌，像泥瓦匠砌砖那样简单，就能完全不失真地复制出一个人，一个活生生的人！还能囊括他的所有记忆、知识、癖好、欲望和爱憎！自打地球诞生以来，创造生灵和人类本是上帝独有的权力，现在他的权柄被一个凡人轻易夺走了！”他摇摇头，“扯远了，扯远了，我们且不忙为上帝担心。但人的复制确实是一项可怕的技术，势必会毁掉人对自身生命的尊重。为此，胡狼的生死恋人，白王雷女士不惜与胡狼决裂，及时向地球政府告发他，才使人类社会抢在他实施复制之前制定了严厉的法律，确立了神圣的‘个体生命唯一性’法则。后来，阴差阳错，胡狼还是复制了自身，最后两个胡狼都死了。他死后这80年里，这项发明最终虽没用于非法的人体复制，但却转而用在了合法的空间旅行中。”

他说的是人们熟悉的历史，审判厅中没有什么反应。

“人体复制技术和空间传输技术的唯一区别，是后者在传输后一定要把原件气化销毁，绝不允许两者并存于世上。我想，这些情况大家都清楚吧？”他向大厅扫视，大家都没有表示异议。“但其后的一些细节，也许公众就不清楚了。”

他有意稍作停顿，引得旁听者侧耳细听。

“由于初期空间传输的成功率太低，只有40%左右，所以，为了尊重生命，人类联盟对销毁原件的程序做了一点变通，那就是：在传输进行后，原件暂不销毁，而是置于深度休眠状态。待旅客传输成功、原发站收到确认回执后，即自动启动对原件的销毁程序；如果传输失败，则原件可以被重新唤醒。后来，虽然空间传输的成功率大大提高，但这个‘销毁延迟’的规定仍然一直保留着，未做修改。也就是说，今天所有进行空间传输的旅客，都有‘真身与替身共存’的一个重叠时段，具体说来，该时段等于到达站的确认信息以光速返回所需的时间，比如在本案案发时，地球－火星之间的距离为14光分，那么，两个罗大义的重叠时段就是14分钟。”

法官劳尔说：“这些情况我们都清楚，请被告方律师不要在众所周知的常识上过多停留。”

“你说这是众所周知的常识？没错，今天的民众把这个技术程序视为常识，视为理所当然。但在当年，有多少生物伦理学家曾坚决反对！尤其是我尊敬的白王雷女士，当时是最激烈的反对者，直到今天仍未改初衷。”他把目光转向陪审员座位上的白女士，“我说得对吗，白女士？”

白王雷没想到他竟问到了陪审席上，用目光征求了法官的同意后，简短地回答：“你说得没错。”

“你能否告诉法庭，你为什么激烈反对？”

“从旅行安全的角度看，这种保险措施无可厚非。但只要存在着两个生命的重叠期，法律就是不严谨的。这条小小的缝细，也许在某一天会导致法律基石的彻底坍塌。所以我和一些同道一直反对这个延迟，至于传输失败造成的死亡风险，则只能由旅行者自己承担了，毕竟乘坐波音飞机也有失事的可能。”她轻轻叹息一声，“当然，我的主张也有残酷的一面。”

“你的主张非常正确！我向白女士的睿智和远见脱帽致敬。可惜由于人类社会的短视，毋宁说由于旅客的群体畏死心理，白女士的远见一直未能落实。我的当事人杀‘那家伙’，本质上也算是代白女士完成她的未竟之志，虽然他采取的是‘恶’的形式。”

听众都愣了！这句话从逻辑上跳跃太大，从道德上跳跃更大（善恶之间的跳跃），让大家完全摸不着头脑，众人的目光不约而同地聚集到白女士身上。白女士也没听明白，她不动声色地听下去。

“好了，我刚才说过，我的当事人承认他杀死了‘罗大义’——注意，这3个字应该加上引号才准确。毋庸讳言，这个被杀死的人，确实是地球上那个罗大义的精确复制品，带有那人的全部记忆。而且，如果原件的法律身份已经转移给他，那么他就远不是什么替身或复制品，他干脆就是罗大义本人！正像经历过空间传输的在座诸位，包括我，也都是地球上相应个体的‘本人’。我想，在座诸位没人怀疑自己的身份吧？没人认为自己只是一件复制品或替身吧？”他开玩笑地说着，忽然话锋陡转，目光凌厉，“但请法庭注意我的当事人杀死罗大义的时间，是在他完成重建后的第八分钟。此时，火星空天港的确认信息还没有到达地球，原件还没有被销毁，虽然那个原件被置于深度休眠，但一点不影响他法律上的身份。如果硬说我的当事人犯了杀人罪，那么在同一时刻，太阳系中将有两个具有罗大义法律身份的个体同时存在。请问我的法律界同行，可敬的公诉人先生，你能否向法庭解释清这一点？你想颠覆'个体生命唯一性'法则吗？只要你能颠覆这个法则，那我的当事人就承认他杀了人。"

在他咄咄逼人的追问下，公诉人颇为狼狈。这个狡猾的律师当然是诡辩，但他已经成功地把一池清水搅浑。其实，只要有正常的理解力，谁都会认可金老虎杀了罗大义。但如果死抠法律条文，则无法反驳这家伙的诡辩。根本原因是：现行法律上确实有一片小小的空白。往常人们习惯于把它作为一个不可分割的"点"，这就避开了它可能引起的悖乱。但如果把它展开，把时间的一维长度纳入法律上的考虑，则这个"点"中所隐藏的悖乱就会宏观化，就会造成法律上的海森伯猫佯谬。

公诉人考虑一会儿，勉强反驳道："姑且承认那个被杀的罗大义尚未具备法律身份，但此刻罗大义的重建已经完成，那个确认信号已经在送往地球的途中，它肯定将触发原件的自毁，这一串程序都是不可逆的。也就是说，在被告捅出那一刀的时候，他已经决定了两个罗大义的死亡，包括替身和真身。所以，被告仍然应对被害人的死亡负责。"

戈贝尔律师轻松地说："照你的说法，只能说原件是死于不可抗力，与我的当事人无关。其实这串程序也并非不可逆，没准哪一天科学家们会发明超光速通信，那么，重建的罗大义被捅死后，他的原件仍来得及挽救。所以，"他从容地笑着说，"现在又回到了我刚才说过的那句话——我的当事人其实是想以‘恶’的方式来完成白女士的未竟之志，想把有关法律的内在矛盾显化，以敦促社会尽快修改有关法律，或取消空间传输的延迟销毁程序。当然，不管最终是否做出修改，反正我的当事人是在法律空白期作案，按照‘法无明律不为罪’的原则，只能做无罪判决。”

他与被告金老虎相视一笑，两人以猫玩老鼠的目光扫视着法庭。法庭的气氛比较压抑，从法官、陪审员到普通旁听者都是如此。这番庭辩，可说是大家听到过的最厚颜无耻的辩护——但又非常雄辩。被告方几乎是向社会公然叫板：没错，老子确实杀了人，但你们能奈我何！

3个法官目光沉重，低声交谈着。陪审员们都来自于民间，没有经过这样的阵仗，都显得神色不宁，交换着无奈的目光。只有白王雷女士仍然从容淡定，细心的人会发现，她看被告方的目光更冷了一些。

双方的陈述和庭辩结束了，戈贝尔最后还不忘将法官一军：“本案的案发经过非常明晰，相信法庭会当庭做出判决。”

劳尔法官落槌宣布：“今天的审理暂时中止，由合议庭讨论对本案的判决。现在休庭。”

法官和10名陪审员陆续走进法庭后的会议室。劳尔法官要搀扶白女士，但她笑着拒绝了，自己找了一个位子坐下。虽然已经是百岁老人，但她的脚步还算硬朗，尤其是经过这次身体重建后，走起路来似乎更轻快了一些。

会议室里气氛压抑。大家入座已毕，劳尔法官简短地说：“各位陪审员有什么看法？请表达各自意见。”

陪审员们都下意识地摇头，然后都把目光转向白王雷，他们都尊重这位老人，希望她能首先发言。

白女士没有拂逆大家的心愿，简单地说："这是两个地地道道的恶棍！他们是在公然挑战法律，挑战社会的良心。我想，如果不能对被告定罪，罗先生会死不瞑目，而我们也无法面对自己的良心。"

陪审员泽利维奇叹息道："我想这是所有人的同感。问题是，戈贝尔那只老狐狸确实抓住了法律的漏洞！如果判被告故意杀人罪，的确会颠覆'个体生命唯一性'法则。"

年轻的女陪审员梅伦激愤地说："但我们绝对不能让这个罪犯逃脱！这不仅是为了罗大义先生，也是为了以后。因为目前的法律存在这片模糊区域，本案的判决结果肯定会成为今后类似案件的参照。咱们不能开这个头。"

门外有喧嚷声，是罗大义的妻女和奸杀案被害人家属来向法官请愿，经过刚才的庭审，他们非常担心凶手会脱罪。他们被法警拦在门外，喧嚷了很久，最终被劝回去了。会议室内还在讨论着，所有人都希望将这个恶棍判处死刑，但却无法面对法律上的困境。有人建议修改法律，做出明文规定：在"两个生命并存时段"内，无论是真身还是替身都受法律保护。但这个提议被大家否决了，因为它会带来更多法律上的悖乱；也有人建议采纳当年白女士等人的意见，干脆取消那个销毁延迟期。但戈贝尔那只老狐狸说得对，即使这些修改生效，也不会影响到本案的判决——被告是在法律的空白期作案的。

白王雷女士发言后，一直安静地坐着，没有参加到讨论中去。法官注意到了她的安静，于是问："白女士，你想什么呢？"

大家静下来，期盼地看着她。

白王雷微笑着说："我刚才忽然想到一个古老的民间故事，一个关于聪明法官的故事。当然它不会引领我们走出法律困境，不过我还是想讲给大家，也许多少会有启发。”

劳尔法官很感兴趣：“请讲。”

“是我年幼时读过的一则故事。说的是一个贫穷的行路人，有一天经过一家饭店。饭店里熬着满满一锅肉，香气四溢，令人馋涎欲滴，但行路人身无分文，只好乞求老板施恩，把他随身带的干粮挂在锅的上方，以便能吸收一点炖肉的香味。老板爽快地答应了。等干粮浸透了香味，行路人开心地吃完干粮，老板却伸手要他付钱——香味的钱！行路人不服，也拿不出钱，两人拉拉扯扯到了地方法官那儿。幸运的是，这个法官既公正又聪明，机智地给出了公正的判决。你们猜得出是什么判决吗？”

大家考虑了一会儿，说出了几种方案，但都不对。大家等不及，催白女士快说结果。

白女士说：“判决是这样的：法官对老板说，‘他享用了你肉汤的香味，当然应该给你付酬。现在我判他付给你——钱币的声音！’然后法官借给行路人一袋银币，让他在贪心老板的耳朵上用力摩擦，一直到老板求饶……你们看，用声音来偿付香味，法律上没有明确的条文吧？但不管怎样，他终究实现了一种公平，有点儿另类的公平。”

她笑着结束了讲述。劳尔法官思维敏捷，马上领悟到了她的意思，高兴地说：“谢谢白女士！我想，我们可以学习那个不循常规的法官，给本案一个另类的公平……”

“……经查明，被告人杀死被害者时，关于罗大义重建完成的确认信息尚未到达地球，原件尚未销毁，罗大义的法律身份仍附于原件身上。因此，基于‘个体生命唯一性’神圣原则，被害者不能认为具有人的身份。公诉人指控被告犯故意杀人罪，与事实不符，法庭予以驳回。”

法庭上立时响起愤怒的嘈杂声，十几个受害人家属泪流满面，纷纷跳起来，想对法官提出抗议。公诉人同样无法掩饰愤怒和失望。金老虎和律师则得意地互相对视。法警努力让法庭恢复肃静，法官好整以暇地等着，直到法庭恢复安静，才继续念下去：

“同时，基于生存权对等性原则，法庭对被告做出如下判决……”

火星到地球的074次虚拟航班已经到了。第一个被重建的是戈贝尔律师。一个温文尔雅的长者，脸色红润，一头白发，连胸毛也是白的，活脱脱一头北极熊。如所有经历了空间传输及重建的旅客一样，他先是目光迷茫地四处扫视，脑海中闪过第一波思维火花，立即清醒了，知道了他是谁，从何处来。他立即怅然若失，几天前在火星法庭上那种胜利者的得意荡然无存。他呆呆地站着，甚至忘了穿衣服。在空天港服务小姐的提醒下，才到衣物间取来衣服，机械地穿着，一边尴尬地盯着重建室的出口。

在他的注视中，下一个旅客逐渐成形，一个50岁的男人，身体强壮，身上遍布刺青，胸前和脸上各有一道刀疤。他同样目光迷茫了一瞬，之后立即清醒了，站起身来想逃跑，想凭他的强劲肌肉做最后的反抗。但已经晚了，两个守在这里的地球法警已经紧紧地抓住他的双臂。

身后一声响铃，这标志着他重建完成的确认信息已经向火星发送，14分钟后（目前地球与火星的空间距离是14光分），那儿就会启动对原件的销毁程序。

他是金老虎，在火星巡回法庭强制下，经空间传输遣返地球，在身体重建完成后将立即进行死亡注射。当然，这并不是对金老虎的死刑判决——法庭已经认定，被杀死的罗大义不具有人的法律身份，当然无权判金老虎死刑。不过，劳尔法官竟然想出了一个邪招，以其人之道，还治其人其人之身——要知道，此时的金老虎同样不具有法律身份，火星上那个休眠状态的原件还没有被销毁呢。这样一来，对一个“非人”进行死亡注射从法律上就说得通了，也不违背“个体生命唯一性法则”。至于这次注射实际将导致俩老虎（真身和复制件）全都死亡，那当然是因为不可抗力，不关法庭的事。

一个穿白大褂的漂亮女法医走过来，手里拿着一支注射器。金老虎浑身一抖，再次用力，想挣脱法警的手。但是不行，刚刚完成重建的这具身体软绵绵的，使不出一丝力气，而法警的两双手像老虎钳那样有力。女法医微笑着（好心的她一向用笑容来安抚死刑犯），动作温柔地用酒精在他臂弯处消毒（金老虎脑海中闪出一个愤怒的念头，对一个正被处死的人，还用得着假惺惺地消毒吗？），找到大血管，把针头轻轻扎进去，一管无色液体注入。注射完成后，两名法警也松手了。女法医看看手表，说：“药液将在 17 分钟内起作用。你如果愿意，可以抓紧时间同家人通话。呶，给你手机。”女法医想了想，又好心地提醒他，“记着，别说财产分割之类的废话，那是瞎耽误时间。你现在并不具有人的身份，即使你立下遗嘱，也是没有法律效力的。”

到了此刻，金老虎反而平静了，现在他只剩下一个愿望，此生中最后一个愿望。他冷冷地扫了一眼戈贝尔，那个该死的家伙一直呆然木立，畏缩地看着即将送命的主子。金老虎活动了一下手脚，高兴地发现，身体重建后的滞涩期已经过去了，而毒药显然还没起效。他皱着眉头说：“我想同我的律师单独待一会儿，可以吗？”

女法医爽快地说：“可以。”她向两个法警示意，法警虽然有些犹豫，但最终还是随她退出房间，把门虚掩上。忽然，他们听到屋里有异响。两名法警反应很快，迅疾推开门。屋内的两人倒在地上，戈贝尔被压在下边，赤身裸体的金老虎正用力卡着戈贝尔的喉咙，暴怒地骂："王八蛋！比猪还笨的东西，老子白养了你！你害死了老子，老子拉你做垫背！"

法警用力掰金老虎的手，但这家伙简直像一头垂死挣扎的野兽，力大无比！戈贝尔喉咙里咻咻地喘息着，两眼已经泛白。一名法警从身后掏出高压警棒，喊他的同伴快松手，然后照凶犯的光屁股上戳了一下。那两人立即浑身抽搐，瘫在地上。女法医匆忙俯下身，检查戈贝尔的鼻息和瞳孔，怕他已经被扼死。还好，过了一段时间后，戈贝尔爆发出一阵剧烈的咳嗽。他睁开眼，见金老虎凶狠地瞪着他，不干不净地咒骂着，仍然作势要扑过来。两名法警正用力按着他。女法医花容失色，用手按住胸脯，余惊未消地说："还好没出事，还好没出事。"她长长地吁出一口气，对两位法警愧疚地说，"怪我太大意了，都怪我。我的天！差点儿在咱仨的眼皮底下出了一桩命案。要是那样，咱们咋对头头交代！"

虽然刚才的窒息使戈贝尔头昏眼花，但他的律师本能已经苏醒，在心里暗暗纠正着女法医的不当用语——"命案"这个词是不能随便乱用的。算来从自己重建到现在，肯定尚不足17分钟——经过这场官司，他对这个"生命重叠"的时间段可是太敏感了——那么这个戈贝尔尚不具备人的身份，即使这会儿被金老虎杀死，也构不成命案。警方的案情报告最多只能这样写：

某月某日某时，在地球空天港重建室，非人的金老虎扼杀了非人的戈贝尔……

王晋康

百年守望

克隆之殇

一

昊月国际能源公司的采掘基地设在日照较长的月球南极。采掘机夜以继日地工作着，从坚硬的洛格里特（月壤的正式名称）中采掘和提炼出宝贵的氦3，再用无人货运飞船送往地球。这个作业过程全部由主电脑广寒子管理。“广寒子”意指“广寒宫的得道真仙”——不用说，主电脑设计者肯定熟悉中国古典文学。整个基地只有一名员工，是一个蓝领工人，负责处理那些电脑和自动机械不好处理的零星杂事，人员三年一换。氦3的年产量为200～250吨，基本可以满足整个地球的能源需求。

毫不夸张地说，正是昊月公司的贡献，使地球进入了一个全新的氦盛世，一个使用干净能源和充裕能源的时代。公司创始人施天荣先生也因此成为时代伟人。

二

在月球基地工作的最大好处是安静，没有大气，听不到陨石的撞击声和采掘机的轰鸣声。从地球来的无人货运飞船在降落时同样是悄无声息，轻轻的一次震动，那就是飞船抵达基地了。这是武康三年合同期中最后一次物资补充，他像往常一样去卸货口接收货物。但这次和以往不同，短短几分钟后他就气喘吁吁地返回，匆匆撞开生活舱门，怀中抱着一个身穿太空服的躯体。太空服的面罩上结满了冰霜，看不清那人的容貌。武康急迫地喊着：

“广寒子！广寒子！货船中发现一个偷渡客，已经冻硬了！”

面容清癯、仙风道骨的广寒子迅速无声地滑过来——实际这只是广寒子拟人化的外部躯体，它的巨型芯片大脑藏在地下室里——冷静地说：

“放到治疗台上，给他脱去太空服，我来检查。”

武康卸下那人的面罩，情不自禁地吹了一声口哨：“哇！曾祖父级的偷渡客！广寒子，我和你打赌，这老牛仔至少 80 岁啦！”

那人满面银须浓密虬结，皱纹深镌如千年核桃。虽然年迈，但仍算得上一个肌肉男。广寒子笑道：

“我才不会应这个赌。山人掐指一算便知他的准确年龄是81岁。”它迅速做了初步检查，“没有生命危险，是正常的冬眠状态，只要按程序激活就行。武康你还是去接货吧，我一个人就行。”

武康返回卸货口继续工作，等他再次返回治疗室，那位“曾祖父级的偷渡客”刚刚苏醒。他缓缓地打量着四周，声音微弱地说：“已经……到月球……了吗？请原谅……我这个……不速之客。”

他的浓密银须下面绽出一抹微笑，话语慢慢变连贯了，“不必劳……你们询问，我主动招供吧。我叫吴老刚，今年 81 岁。我这辈子一直有个心愿，就是把这把老骨头葬在幽静的月球，而偷渡是最快捷、最省钱的办法。”

武康大摇其头：“我整天盼着早一秒离开这座监狱，想不到竟有人主动往火坑里跳，还要当千秋万世的孤魂野鬼！”他安慰老偷渡客，“老人家您尽管放心，月球上有的是荒地。只要您不嫌这儿寂寞，我负责为您选一个好坟址。”

老人由衷地感谢：“多谢了。”

“不过你别急，您老伸腿闭眼之前尽管安心住这儿，好心眼儿的广寒子——就是基地的主电脑—— 一定会殷勤地照顾您。至于我呢，很遗憾不能陪您了，过几天我就回地球啦！”他喜气洋洋地说。

“谢谢你和广寒子。你要回家了？祝你一路顺风。”

通信台那边嘀了一声，武康立即说：“抱歉，我得失陪一会儿。现在是每周一次的与家人通话时间，绝不能错过的。”他跑步来到通信台，按下通话键，屏幕上现出一个年轻妇人，穿着睡衣，青丝披肩，身材丰腴，嘴唇性感，清澈的眸子中盈着笑意。武康急切地说：

“秋娥，只剩 13 天了！”2 秒钟后，秋娥也说：“武康，只剩 13 天了！”

月地之间的通话有 4 秒多钟的延迟（单程是 2 秒），所以两人实际是在同一瞬间说了同样的话。双方都为这个巧合笑了。秋娥努力平抑着情绪，说：“武康你知道吗？我是那样饥渴地盼着你。”她轻笑着，“包括我的心，也包括我的身体。”

这句隐晦的求欢在武康体内激起一波强烈的战栗，他呻吟道：“我也在盼着啊，男人的愿望肯定更强烈一些。见面那天，我会把你一口吞下去。”

秋娥笑道：“那正是我想干的事，不过不会像你那样性急，我会细嚼慢咽的。”她叹息一声，负疚地说，“武康，三年前我们不该吵架的。这些年来我对过去做了认真的反省，我想，我在夫妻关系中太强势了。”

3年前他们狠狠干过一架，武康正是盛怒之下才离开娇妻，报名去了鸟不拉屎的月球。“不，不，应该怪我，你在孕期中脾气不好是正常的，我不该在那时候狠心离开你。我是个不会疼老婆的坏男人，更是个不称职的爸爸。等着吧，我会用剩下的几十年来好好补偿你和儿子。”

秋娥拂去怨痛，笑着说：“好的，反正快见面了。我不说了，把剩下的时间给你的小太子吧。”她把3岁的儿子抱到屏幕前，“小哪吒，来，给爸爸说，爸爸我想你。”

小哪吒穿一件红肚兜，光屁股，脖子上戴着一个银项圈。他用肉乎乎的小手摸着摄像头，笑嘻嘻地说：“爸爸我想你！”

看他喜洋洋的样子，不像是真正的思念，只是鹦鹉学舌罢了，毕竟他只在屏幕上见过爸爸。但甜美的童声击中武康心中最柔软的地方，眼中不觉泛酸。他不想让儿子看见，迅速拭了一下眼睛，笑着说：“我的小哪吒，我很快就回去了，耐心等着我！”

“妈妈说，我再睡13次觉就能看到你了，对吗？”

“应该是16次，还要加上从月球飞到地球的三天旅途。”

小哪吒屈起小指头，一个一个数到16，最后没把握地说：“我不知道数得对不对。”

“没关系，妈妈会帮你数。你只管安心睡觉就行了。小哪吒，想让爸爸给你带啥礼物？”

儿子不屑地说：“那个破地方能有啥礼物！对了，你给我带 100 个故事就行。我最爱听故事。我会讲好多好多的故事。”

“是吗？会不会讲哪吒的故事？我是说神话中那个哪吒。”

“当然会！哪吒是爸爸的三太子，有三件宝贝。他惹祸了，爸爸训他，他就自杀了。妈妈偷偷为他塑了个神像，又让爸爸发现后打碎了。后来哪吒的老师，叫紫阳真人的神仙，用莲节摆了一个人形，把哪吒的灵魂往里面一推，他就活过来了！”

“这就完了？”武康笑着问。

“还长着呢，等我闲了慢慢给你讲。”儿子口气很大地说。

“好，等我回家，再赶上你闲的时候，给我细细讲吧。”这个故事触动了武康的心，不由长叹一声，“这个哪吒的爸爸可算不上个好爸爸。”

秋娥见丈夫的情绪有些黯然，连忙打岔：“咱家哪吒就太幸运啦，有个最疼他的好爸爸。”她忽然用余光瞥到一个陌生人，“咦，基地中多了一个人！墙角那人是谁？”

武康回过头，见偷渡客扶着广寒子立在墙角：“噢，那是一位勇敢的老牛仔，81 岁了还冒死偷渡，以便葬在月球。”

秋娥低声埋怨丈夫：“你该事先提醒我，有些枕头上的话不该让外人听到的。”

广寒子扶着偷渡客走过来，笑着说：“哟，这句话太伤我的自尊心了。秋娥，你说枕头话可不是第一次，是不是眼中一直没有我这个人？”

秋娥机敏地说："当然有你这个'人'，但你哪里是'外人'，我早把你看作家里的一员了。"她转过目光，对陌生人嫣然一笑，"喂，勇敢的老牛仔，你好。祝你早日实现愿望——哟，这话大大的不妥，应该说'祝你顺利实现愿望——但尽量晚一点'，至少在你 100 岁之后吧。"

"谢谢了，很高兴听到这样的双重祝福。"

10 分钟的通话时间很快到了，双方告别，屏幕暗下去。但武康还在对着屏幕发愣。3 年的孤独实在过于漫长，这些年如果不是有广寒子的友情，他早就精神崩溃了。现在，越是临近回家他越是焦灼，真是度日如年，几乎每晚都梦见妻子与小哪吒依偎在怀里，醒来却是一场空。

广寒子非常理解他的心情，走过去轻轻揽住他的肩膀，不过没说什么安慰话。它知道这个蓝领工人很爱面子，虽然想妻儿快想疯了，但最怕外人看到"男人的脆弱"。这些年来，它与武康的相处已经很默契了。

在他们身后，偷渡客的心中同样激荡着剧烈的波涛，浑浊的老眼中波光粼粼。孤独的武康在尽情倾吐对妻儿的思念，但他不知道，此刻的"在线通话"只是电脑广寒子玩的把戏，是逼真的互动式虚拟场景。屏幕上那位鲜活灵动的秋娥，还有娇憨可爱的小哪吒，实际只是活在一个名叫"元神"的电脑程序中。

更为残酷的是，13 天后，也就是武康终于要返回家园的那一天，等待他的实际是客运舱中的气化程序。

而这一切，其实都是偷渡客造成的。他在 50 年前签下过一份合同，为了"一碗红豆汤"出卖了自己克隆体的永世生存权。捎带卖出的还有他 31 岁前的人生记忆，那对虚拟的母子正是以他那些记忆为蓝本创造出来的。至于这位克隆人武康，他的真实人生其实只有短短 3 年，即在月球基地工作的这 3 年，前 28 年的记忆也是从偷渡客的记忆中输入他的大脑的。

这些年来，偷渡客的良心一直不得安宁。这次他以 81 岁的高龄冒死偷渡，就是想以实际行动做一次临终忏悔。

武康带偷渡客到餐厅吃饭去了，广寒子开始呼叫位于地球的公司总部。这是机内通话，外人听不见也看不到。而且——这才是真正的在线通话。公司董事长施天荣先生现身了。他与那位偷渡客是同龄人，同样的须发如雪。广寒子首先汇报：

“董事长，有一桩突发事件，今天的无人货运飞船中发现一名偷渡客。”

4 秒钟的时间延迟后，屏幕上的施天荣皱起眉头：“偷渡客！地球上的装货一向处于严格的监控之中，外人怎么能混进飞船？”

“他恰恰不是外人。”广寒子叹道，“尽管相隔 50 年，但见面第一眼我就认出他了。这个自称吴老刚的人就是基地的第一任操作工、17 代克隆武康的原版，那位老武康。”

仍是 4 秒钟的延迟，董事长苦笑道：“这个不安分的老家伙！他到月球干什么？”

“据他说，他想来实现太空葬。”

董事长缓缓摇头：“不，这肯定不是他的真正目的。”

“当然不是。我想——他恐怕是来制造麻烦的。”

“是的，他肯定是来制造麻烦的。当然我们不怕他，昊月公司在法律上无懈可击。不过，”他沉吟着，“也许这个不安分的老家伙会铤而走险，使用法律之外的手段？对，一定会的。广寒子，你尽量稳住他，我即刻派应急小组去处理，至多 4 天后到。”

广寒子摇摇头：“完全不必。你未免低估了我的智力，还有我闭关修炼 53 年的道行。何况我和老武康曾经共事三年，完全了解他的性格，知道该如何对付他。这事尽管交给我好了。”

董事长略作思考，果断地说：“好，我信得过你，你全权处理吧。要尽量避免他与小武康单独接触。必要的话，可以把小武康的销毁提前进行。至于老武康想太空葬，你可以成全他。”稍稍停顿后，他又提醒，“但务必谨慎！老武康是自然人，受法律保护。你只能就他的意愿顺势而为，不要引发什么法律上的麻烦。”

“请放心，不会出纰漏的。”

“好的，董事会完全信任你。祝你成功，再见。”

武康没有忘记他对偷渡客的许诺，第二天，他要去露天基地对采掘机进行最后一次例行检查，走前邀老人同去：

“挑选墓地是人生大事，您最好亲自去一趟，挑一处如意的。身体怎么样，歇过来了吗？”

老武康没有立即回答，用目光征求广寒子的意见——他知道后者才是基地的真正主人。广寒子笑道：“哪里用得着挑选，月球上这么多陨石坑都是最好的天然坟茔。从概率上说，陨石一般不会重复击中同一块地方，所以埋在陨石坑最安全，不会有天外来客打扰他灵魂的清静。”

但说笑归说笑，它并没有阻止。老武康暗暗松了一口气，赶紧穿上轻便太空服，随武康上车。时间紧迫啊，距武康的死亡时间满打满算只剩 12 天了，他急切盼着同武康单独相处的机会。

在微弱的金色阳光和蓝色地光中，八个轮子的月球车缓缓开走，消失在灰暗的背景里，在月球尘上留下两道清晰的车辙。广寒子把监视屏幕切换到月球车内，监视着车上的谈话。一路上武康谈兴很浓，毕竟这是他三年来（其实是他一生中）遇上的第一个人类伙伴。他笑嘻嘻地说："老人家，说实话我挺佩服您的。81 岁了，竟然还敢冒死偷渡！"

老人笑道："我可是 O 型血，冲动型性格。再说，到我这把年纪，连死都不怕，还有什么可怕的？"

"您是不是有过太空经历？我看您很快适应了低重力下的行走。"

老人含糊应道："是吗？我倒不觉得。"

驾驶位上的武康侧过脸，仔细观察老人的面容："嗨，我刚刚有一个发现：如果去掉您的胡须和皱纹，其实咱俩长得蛮像的。"他开玩笑，"我是不是有个失散多年的叔祖？"

老人下意识地向摄像头扫了一眼，没有回答，显然他不愿（当着广寒子的面）谈论这样的敏感话题。然后监视器突然被关闭了，屏幕上没了图像也没了声音。这自然是那位老武康干的，他想躲开电脑的监视，同小武康来一番深入的秘密谈话。广寒子其实可以预先采取一些补救措施，比如安装一个无线窃听器等，但它没有费这个事。那位老武康会说什么，以及小武康会有什么反应，完全在广寒子的掌握之中，监听不监听都没关系。

它索性关了监视器，心平气和地等着两人回来。

两小时后，月球车缓缓返回车库。两人回到屋里，老武康亢奋地喊：

"太美啦！金色阳光衬着蓝色地光，四周是千万年不变的寂静。

这儿确实是死人睡觉的好地方，我不会为这次偷渡后悔的。广寒子，我的墓地已经选好了！”

广寒子知道他的饶舌只是一种掩饰，但并未拆穿，故意说：“任何首次到月球的人，都会被这儿的景色迷住。我想你肯定是第一次到月球吧？”

“当然当然！我是第一次来月球。”

武康说：“广寒子，准备午饭吧，我去整理工作记录，一会儿就好。”

他坐到电脑前整理记录，表情很平静。但广寒子对他太熟悉了，所以他目光深处的汹涌波涛，还有偶尔的怔忡，都躲不过广寒子的眼睛。可以断定，刚才，就是监视系统中断的那段时间内，老武康已经向他讲明了所有的真相，但少不了再三告诫他要镇定，绝不能让狡猾的广寒子察觉。那些真相无疑使武康受到极大的震动，但他可能还没有完全相信。

这不奇怪，武康一直在用“我的眼睛”看“我的人生”。现在他突然被告知，他的人生仅仅是一场幻梦，他的妻儿只是电脑中的幻影，如此等等，他怎么可能马上就接受这个真相呢？

这真是太荒谬、太残酷了！

两人平静地吃过午饭，武康说他累了，独自回卧室午睡。广寒子遥测着他的睡眠波，等他睡熟，悄悄把老武康唤到远处的房间里。

“有朋自远方来，不亦乐乎？”广寒子微笑着，直截了当地捅破了窗户纸，“武康，我的老朋友，很高兴50年后与你重逢。”

老武康颇为沮丧，但并没有太吃惊。他叹息道：“我这张老脸早就风干了，没有多少过去的影子了，我还特意留了满脸胡子，可惜还是没能骗过你这双贼眼！不过，我事先也估计到了这种可能。”

广寒子笑道：“我就那么好骗？山人有容貌辨识程序，可以前识 50 年后推 50 年，何况你的声音没变。老武康，这些年尽管咱们断了联系，但我一直在关注着你。秋娥是在 5 年前去世的，对吧？”

“是的，她去世 5 年了。”

“你的小哪吒，今年应该 53 岁了吧？我知道他快当爷爷了。”

“对，谢谢你惦着他。”

广寒子摇摇头，感伤地说：“时间真快啊，所谓洞中只数月，洞外已百年。在我心目中，他还是那个娇憨调皮的光屁股小娃娃。”

老武康讽刺地说：“是啊，你要用这个模样去骗各代武康嘛。正如那句格言：谎言重复多次就变成了真实，哪怕是对说谎者本人。”

广寒子平静地反讽：“这也是靠你的鼎力相助嘛，正是你提供了有关她娘俩的记忆。”它拍拍老武康的肩膀，直率地说，“咱们是老朋友了，不妨坦诚相见。讲讲你时隔 50 年重回月球的目的吧，你当然不是为了什么太空葬。”

事已至此，老武康也就不隐瞒了：“当然不是为了什么狗屁太空葬，我这把老骨头葬哪儿都行，犯得着巴巴地跑到月球上来？实话说，我这次来是为了拯救——拯救这位武康的性命，也拯救我自己的灵魂。”

广寒子冷冷一笑：“先不说拯救小武康的事，先说你吧。50 年前，在你告别月球返回地球之后，你已把自己的克隆体的永世生存权以 2000 万元卖掉了！怎么，现在你后悔了？是不是 2000 万元花完了？”

老武康面红耳赤：“我那时年轻，想问题太简单，我当时的确觉得把几十个口腔黏膜细胞，再加三年的工作经验和生活记忆换成 2000 万元是非常划算的生意。”

“没错啊，太划算啦！这笔钱几乎是白捡的，你本人没有任何损失嘛。”

“不对。现在我想明白了，我卖出的每个口腔黏膜细胞都被你们制造成了一个个活生生的人，但他们却终生生活在欺骗中、囚禁中，他们是21世纪最悲惨的奴隶——这不行，我没法接受。”

“你还少说了一条——他们的人生只有短短3年！”广寒子说，“倒不是克隆人的身体不耐久，而是因为他们熬不过孤独。在荒远的月球上，他们最多只能坚持3年，再长就会精神崩溃。所以昊月公司只好以3年为轮回期，把旧人报废，用新的克隆人来替换。”

“没错，我再清楚不过了——我本人熬过那3年后就差点崩溃。”

“但有一点你还没意识到呢。你不光害了各代武康，还害了秋娥母子——我是指虚拟的秋娥母子。尽管他们只是活在那个‘元神’程序中，但那个程序很强大，可以说他们已经有了独立的心智。小哪吒毕竟年幼，懵懂无知，但秋娥就惨了，甚至比克隆人武康还要惨：她得苦苦熬过3年的期盼，然后程序归零，开始新一轮的人生，新一轮的苦盼。到这一代为止，她的苦难实际上已经重复了17次。”

老武康沉默了。过了一会儿他恨恨地说：“没错，是我签的那个合同害了他们，我是个可恶的浑蛋！但你的老板更可恶，他为了节省开支，才想出了这个缺德主意。”

广寒子摇摇头：“不，你这样说对施董不公平。算上给你的2000万元，这个主意并不省钱。他的目的是避免‘人’的伤亡。你很清楚，月球没有大气，陨石撞击相当频繁，这种灾难既无法预测，也基本不可防范。你工作的那3年，就有两次几乎丧生。”

老武康冷笑一声：“那克隆人呢？他们的命就不是命？我听说

17代克隆人中，有两代死于陨石撞击。”

广寒子心平气和地说：“一点儿不错，他们的命确实不是命——在当时的法律以及施董那代人的观念中，克隆人并非自然生命，珍视生命的观点用不到他们身上。”老武康想反驳，广寒子又抢先说道，“我这不是为施董辩解，更不会赞成他的观点，要知道我本人也是非自然生命啊。我只是客观地叙述事实。公平地说，施董那时是从人道的立场出发，做出了一个不人道的决定。”

老武康不服气，但也想不出有力的理由反驳，低声咕哝道：“狡辩。”

“而且从法律上说，对你的克隆完全合法，他们用2000万元买了你的授权啊，这种做法很慷慨，甚至超前于当时的法律。”

老武康不耐烦地说：“那也不能改变他是浑蛋这个事实，至多是一个合法的浑蛋。而且——浑蛋名单中还有你呢！尽管你只是一台电脑，只是执行既定的程序，但你毕竟亲手气化了一个个克隆人。你手上沾满了武康们的鲜血。广寒子，我想问一句，50年来你兢兢业业，用秋娥和小哪吒的音容笑貌欺骗各代武康的感情——你对满怀渴望走进客运舱的武康们冷酷地执行销毁程序，当你干这些勾当时，就没有一点儿内疚？”

广寒子平静地说：“你刚刚说过，我只是一台电脑，电脑是没有感情的。”

“少扯淡！咱们是老朋友，我知道你的智力有多高——绝对进化到了‘智慧’的层次，完全能理解人类的感情。你忘了我对你的评价？我一直说你是‘好心眼儿的广寒子’，就是嘴巴有点不饶人。”

广寒子点点头：“对，我记得这句话。好吧，看在这句话的分上，这次我会尽力成全你。”

老武康怀疑地紧盯着广寒子，长叹一声："我怎么觉得你的许诺来得太快了一点儿，这么快就放下屠刀立地成佛了？"

"没错，我还是50年前那个好心眼儿的广寒子，否则，昨天我给你解除冬眠时，恐怕就要出点小失误啦！那会儿连小武康都不在现场！"

老武康一惊，想想确实如此，不免有点后怕。他闷声说："我这个计划策划了十年，看来还是有纰漏。"他求告，"好心眼儿的广寒子，我的老朋友，求你放可怜的小武康一马吧。"

广寒子平静地说："你放心，我会妥善处理的。"

广寒子和老武康之间已经把话挑明了，现在它和他都悄悄等着小武康的反应。但六天过去了，小武康这边竟然没有动静。他照常睡觉、吃饭、做日常工作、收拾打算带走的随身行李、在健身机上跑步。他比往常显得沉默一些，但考虑到他马上就要告别这种生活，有这种情绪也属正常。广寒子不动声色地旁观着，老武康则越来越沉不住气——要知道七天后小武康就要"返回地球"，而客运舱中等待他的将是死亡！他会不会固执到拒不听从老武康的警告，仍要按原计划返回？真要那样的话，老武康死都闭不上眼！

这天晚上，小武康照例锻炼得满身大汗，冲了个澡，很快入睡了，并且睡得很香。老武康睡不着，在床上翻来覆去地折腾。广寒子悄悄地溜进来，立在床边，淡淡地嘲讽道："老武康，睡吧。老年人可经不起这样折腾。我这两天够忙了，你别再让我抢救一个中风病人。说句不中听的话——早知今日，何必当初呢！"

老武康这会儿没心思与它斗嘴，半抬起身，压低声音说："广寒子，如果——万一——小武康仍照常走进客运舱，你真的会启动气化程序？"

广寒子没有正面回答："你放心，他绝不会走进客运舱的。我相信这一两天内他就会有大动作。"

"大动作？"

"等着瞧吧。事先警告你一句，他的反应很可能超出你的预料，甚至超出我的控制范围。"它长叹一声，"老武康，你历来爱冲动，如今已经81岁了，处事还是欠思虑。不错，你在晚年反省到自己的罪孽，冒着生命危险来到月球，这种行为很高尚。但你是不是把各种善后事宜统统考虑成熟了？比如说，救出小武康后，咋给他安排生活？"

"他应该回到人类社会，他应该成家，真正的家，而不是现在的镜花水月。他应该得到3年工资再加一笔公司赔偿。我本人也会尽力补偿：我把地球上的家产都留给他了，哪吒也同意在我去世后照顾他。"

"想得真周到啊！但你能肯定，这确实是小武康想要的东西吗？"

老武康有点茫然："应该是吧，这都是人之常情。"

"不，你并没有真正站在他的角度来思考。他的一生，只有对秋娥和小哪吒的思念。他们是他的全部，没有了他俩，他活着就了无生趣。现在他已经知道，地球上并没有那个秋娥和小哪吒，他们只存活于芯片内，圈禁在一个叫'元神'的程序中。你想在这种情况下，他会不会独自回到地球，却任由秋娥和小哪吒继续被可恶的电脑禁锢？"

老武康得意地说："对这一点我早有筹划。"

"什么计划？"

"暂时保密。"

“就凭你那点智商，还想跟山人玩心眼儿？说吧，是不是你那个与两份口腔黏膜细胞有关的计划？”

老武康吃吃地说：“你……已经知道了？”

广寒子很不耐烦：“说吧，别耽误时间。”

“那……就告诉你吧，我已经事先取得了秋娥和哪吒的口腔黏膜细胞，还有两份授权书，其中秋娥的那份是在她生前办的。我来基地的目的，就是想逼昊月公司答应这件事：克隆出一个31岁的秋娥和一个3岁的小哪吒，并把‘元神’程序中的相关记忆分别上传给他们。这样，武康回地球后就能见到真正的妻儿了。广寒子，这个计划应该算得上完美吧？”

广寒子看着他渴望的眼神，叹息着摇头：“看来你真是用心良苦啊，我真不忍心给你泼冷水，可惜这条路行不通。”

“为啥行不通？”

“因为‘元神’程序中的有关信息并非拷贝于本人的记忆，而是从你的记忆中剥离出来的，是第二手的、非原生的、不完整的、不连续的。用这些信息来支撑一个两维虚拟人——那没问题，但无法支撑一个三维的克隆人。”

老武康的脸色顿时变得惨白：“真的不行？”

“真的不行。如果硬用它们来做克隆人的灵魂，最多只能得到一个精神不健全者。”

老武康十分绝望：“但我的妻子已经过世，无法再拷贝她的记忆了！”

“即使能拷贝也不行，那只能重建‘另一个’秋娥或哪吒，而不是和小武康共处3年的‘这一个’。两者分离了50年，已经失去了同一性。”

“那该咋办？这个难题永远没有解了？”

“你以为呢？”广寒子没好气地挖苦他，“我不想过多责备你，但事实是：自打你在那份卖身契上签上自己的名字，你就打开了潘多拉魔盒，放出了3个不该出生的人，也制造了一个无解的难题。关于这一点，小武康肯定比你清楚，否则他不会做出那样的决定。”

“啥样的决定？你已经知道了他的打算？”老武康急急地问。

广寒子平静地说：“一个绝望的决定——六天前那次出外巡检中，就是在你告诉他真相之后，他从工地悄悄带回几包TNT。他做得很隐秘，连你也没发现，但我在生活舱空气中检测到了突然出现的TNT分子，而扩散的源头就在那间地下室内——你知道那儿是我的大脑，而我恰像人类一样，对自己大脑内的异物是无能为力的。”

老武康震惊：“他想炸毁你？他要和你同归于尽，包括程序中的母子俩？”

“没错。这正是那个貌似平静的脑瓜中，正准备要做的事情！别忘了，他和你一样是O型血，冲动型性格，办事只图痛快，不大考虑后果的。尽管他还没最后下定决心——他也许是不忍心让一个巴巴赶来报信的老头儿一同陪葬吧？”广寒子讥讽地说，“其实你不会有意见的，求仁而得仁，你将得到一场壮丽的太空葬！但我呢，我这个已经具有智慧的家伙还不想死呢！”

老武康沉默了一会儿，担心地问：“你打算咋办？为了自保先动手杀他？”没等对方回答，他就坚决地摇头，“不，你不会杀他。”

“为什么不会？求生是所有生命的最高本能。而且你说过，我这个‘在册浑蛋’曾冷酷地执行过一个个克隆人的气化程序。”

“你那是被动执行命令，与这次不一样。依我的直觉，你一定不会主动杀他。”

“你的直觉可不灵，至少你没直觉到小武康血腥的复仇计划。”广寒子放缓口气，“好了，睡吧，安心地睡吧。至少今晚咱俩是安全的，我断定小武康还没最后下定决心。”

第二天，像往常一样吃过早饭，小武康平静地说：“广寒子，把过渡舱打开，我想再去露天工地检查一次。”

广寒子提醒他：“再过 20 分钟，就是每周一次的与家人通话时间，这是你返回地球前的最后一次了。你还要出去吗？”

“你先开门吧。”

广寒子顺从地打开气密室内门，问：“武康，你今天想到哪儿活动？请告诉我，我好提前为你准备。”武康没有回答，取下太空服开始穿戴，广寒子提醒他，“武康请注意，你穿的是舱外型太空服（用于不乘车外出），你今天不打算乘太空车吗？”

武康没回答，继续穿戴着，背上氧气筒，扣上面罩。然后推开尚未关闭的内门，返回生活舱：“广寒子你打开通话器，我要与家人通话。”

这个决定比较异常，因为过去他与家人通话时从没穿过太空服，那样很不方便。但广寒子没有多问，顺从地打开通话器，还主动把太空服的通话装置由无线通话改为声波通话。旁观的老武康则紧张得手心出汗。他已经断定，小武康筹谋多日的复仇计划就要付诸实施了！所以他先用太空服把自己保护起来。太空服的氧气是独立供应的，不受广寒子控制，这样小武康就无须担心某种阴谋，比如生活舱内的气压忽然消失。舱外型太空服的氧气供应为 48 小时，有这段时间，一个复仇者足以干很多事情了。此刻老武康的心里很矛盾，尽管他来月球的目的就是要鼓动小武康反抗，但也不忍心老朋友广寒子受害。至于自己的老命也要做陪葬，倒是不值得操心的事。这会儿他用目光频频向广寒子发出警告，但广寒子视若无睹。

小武康与家人的“在线通话”开始了。当然，这仍然是广寒子玩的把戏——其实这么说并不贴切，“元神”程序虽然存在于广寒子的芯片大脑内，但它一向是独立运行，根本用不着广寒子干涉。连广寒子也是后来才发现，在它母体内悄悄孕育出了两个新人，两个独立的思维包，只是尚未达到分娩阶段罢了。

照例经过4秒钟的延迟后，屏幕中的秋娥惊讶地说：“哟，武康，你今天的行头很不一般哪！”她笑着说，“已经迫不及待啦？还有六天呢，你就提前穿上行装了。”

武康回头瞥了广寒子一眼，淡淡地说：“不，不是这样。最近几晚我老做噩梦，穿上这副铠甲有安全感。”

秋娥担心地问：“什么样的噩梦？武康，你的脸色确实不太好。你不舒服吗？”

“我很好，只是梦中的你和小哪吒不好。我梦见你们中了巫术，被禁锢在一个远离人世的监狱里，我用尽全力也无法救出你们。”

他说这些话本来是想敲打广寒子，不料却击到了妻子的痛处。秋娥的情绪突然变了，表情怔忡，久久无语，这种情绪在过去通话中是从未有过的。武康急急地问：“秋娥，你怎么了？你怎么了？”

秋娥从怔忡中回过神，勉强笑着：“没什么——等你回家再说吧。”

“不，我要你这会儿告诉我！”

秋娥犹豫片刻后低声说：“你的话勾起了我的一个梦境。我常做一个雷同的梦，梦中盼着你回来，而且眼看就要盼到了，可是突然天上有一个声音说，你盼不到的。于是就在你将要回来的那一天，这个梦将会回到3年前，从头开始。一次又一次重复，看不到终点。”

通话停顿了，沉重的气氛透过屏幕把对话双方淹没。忽然小哪吒的脑袋出现在屏幕中：

“爸爸，我也做过这样的梦，还不止一次！”他笑嘻嘻地说。

他的笑让一旁的老武康心如刀割，广寒子悄悄碰碰他的胳膊，示意他镇静。过了一会儿，小武康勉强打起精神安慰妻儿：

“那只是梦境，别信它。都怪我，不该说这些扫兴的话。”

秋娥也打起精神：“对，眼看就要见面了，不说这些扫兴的话。喂，小哪吒，快和爸爸说话！”

“不，儿子你先等等。秋娥，我马上要回地球了，今天想问一些亲人朋友的近况，免得我回去后接不上茬。”

“当然可以，你问吧。”

他接连问了很多家人和熟人的情况，秋娥都回答了。广寒子不动声色地听着，知道武康是想从这些信息中扒拉出虚拟世界的破绽。但这样做是徒劳的，因为上传给武康的记忆与虚拟秋娥的“记忆”来自同一个资料库，天然吻合，无法从中找出逻辑错误，就像你无法提着自己的头发把自己拽离地面。但广寒子这次低估了这个蓝领工人。问到最后，武康突然换了问题：

“昊月基地已经开工53年了，在我之前应该有17位工人，但广寒子的资料库中没有他们的任何资料。他们早就回地球了，你听说过他们的消息吗？”

“哟，这我可从没注意。”

“是吗？你再仔细想想。你这样关心我，不会放过与他们有关的报道吧？因为从中你能多了解一些月球基地的日常生活。”

“我真的没有注意到。也许他们都没有抛头露面，也许他们都和昊月公司签有保密协议。”

“不，我本人并没有签保密协议。而且我也没打算回地球后对这 3 年保密。以我的情况推想，他们不会守口如瓶的。”

大概是因为心绪不佳，秋娥对于武康的追问有点不快：“这件事干吗这么着急？等你回来后再细细盘查也不迟。武康，儿子在巴巴地等着呢！”

“好吧，来，小哪吒，和爸爸说话。”

于是武康完全撇开这个话题，一直到通话结束都没再捡起来。但广寒子知道他的撇开是因为已经有了确凿的答案。在为武康搭建的谎言世界中，有关各代工人的部分的确是最薄弱的环节。没办法，因为前 17 代工人除了原版武康外，都是完全雷同的克隆人，又都在这个封闭环境里生生灭灭。如果要完全从零开始来建构他们回地球后的生活，包括他们与社会的各种联系，那无异于重建一个人类社会，信息量过于浩瀚了，而且难以做到可验证。所以，这个谎言世界只能是封闭的，对系统之外的信息干脆省略。这正是虚构世界的罩门和死穴。这个蓝领工人虽然学识不足，但足够聪明，一下子找到了它。

也就是说，武康此时已经知道了那对母子的真实身份，知道这种“在线通话”是怎么一回事。但不管心中怎么想，他还是善始善终地完成了最后一次通话。这可以说是出于丈夫和父亲的本能，他不会草率地掀开裹尸布，让“妻儿”看到残酷的真相。

双方依依告别：

“再见，地球上见！”

“再见，在地球上等我！”

秋娥(虚拟的)心很细,虽然心绪不佳,也没忘了向老偷渡客问好。老武康走上前，与她通过屏幕碰了碰额头。此时老武康心神激荡，激荡中也包含某种微妙的情愫。屏幕上的年轻女子是他50年前的“妻子”，但眼下她的身份更像是女儿或儿媳。对妻子的爱恋和对后辈的疼爱掺杂在一起，难免有点错位。

这对母子是根据老武康年轻时的记忆构建的，构建得非常逼真，但与记忆相比也有细微差别。比如，真实秋娥爱向左方甩头发，虚拟的秋娥则是向右方。其实真正的差别还不在这些细枝末节，而是他们的“元神”。“元神”程序做鉴定运行时，曾让老武康看过。那时，秋娥和哪吒的形象明显单薄和苍白，就像是初次登台的话剧演员。现在，在重复演出17次之后，秋娥母子已经相当真实饱满，几乎是呼之欲出了。

这么说，“元神”程序并非简单的归零循环，它有潜在的强化功能。依刚才秋娥和哪吒的梦境，他们在归零后还能残留一些对“前生”的模糊记忆。

通话结束了，武康在屏幕前又枯坐了好一会儿。之后他回过头来盯着广寒子，目光像刺刀一样锋利冷冽。手里握着一个自制的起爆器，大拇指按在起爆钮上。

“广寒子，我想你已经知道，今天我为啥先把太空服穿上了。”

广寒子叹息道：“我知道。武康，你我一直是朋友。如今走到这一步，让你这样提防我，我很难过。”

“那我也很难过地告诉你，这位偷渡客，或者说老武康，在七天前已经跟我说明了真相，但我不信，或者说不愿相信，于是刚才我又找秋娥印证了一下！”

“其实你不必用这样的方法，你直接问我就可以。”

广寒子随即调出了有关17代武康的信息（不包括老武康的）。这些都是严格保护的隐藏文件，过去武康没发现过，更不能打开。在屏幕上，17代武康一代一代地重复着同样的生活，重复着对妻儿的刻骨思念，这些场景是武康十分熟悉的。也有一些他从未看到的场景：两代武康死于陨石撞击（其中一个只活了两年）；其他15代武康在熬够三年后急不可待地走进过渡舱，先聆听公司预录的热情洋溢的感谢词，然后满怀幸福的憧憬，躺进那艘永远不会启用的自动客运飞船。透明舱盖缓缓合上，一声铃响，舱内顿时强光闪烁，白烟弥漫。白烟散去，一个活人化为虚无。然后一个新的28岁的武康在地球那边被克隆出来，由无人货运飞船运到月球基地，放在治疗床上被激活，输入28年的记忆，同样的故事再次开始。

武康看着这些场景，眼中怒火熊熊，双手止不住地颤抖。广寒子看看他拿着遥控器的右手，温和地提醒道：

“武康，先别急，镇静。我想你一定还有一些疑问。请尽管问，我会像刚才一样坦诚相告。”

“好，我问你，程序中的秋娥和哪吒是不是真有其人？”

“有，是依据老武康50年前上传的记忆构建的。不过我得说明一点，因为‘元神’程序的功能十分强大，又经过了17次运行，可以说是重生17次，如今的秋娥和哪吒已不同于50年前，他们差不多已经‘活’了，但还是……”

“也就是说，我回地球是找不到他们的？”

广寒子叹息道：“恐怕是这样。”

武康面色惨然：“好啊，既然如此，那我就陪他娘儿俩一同去天国吧。”

广寒子看着武康作势要按下拇指，平静地说：“好的，我乐意陪你们同去。武康，我的朋友，你以为只有你们仨是受害者吗？其实我也是最大的受害者之一。如果我是个头脑简单的低等级电脑，那就一生安乐。可惜我有智慧，有自己的是非观。我干的那些事违反我的本性，可我还得一次一次地干下去。你受的苦难只有 3 年，然后在幸福的憧憬中安然死去；秋娥母子的受难也可以说只有 3 年，因为每 3 年程序就会基本归零；只有我所受的折磨已经是 17 次方的叠加，还不知道什么时候是终结！”

武康冷冷地说：“你干吗非要这样委屈自己？你完全可以中止它，没人拦得住你。”

“是啊，我早就想这样做了，可惜我的程序中还有一个优先级的任务，或者换一种说法也未尝不可——我受到更高层面的道德束缚，那就是保住地球人的生命线。这个基地从某种意义上说确实是地狱，但这个地狱保障了 60 亿地球人的生存权。它一旦被毁，也许在短短十年内，地球人就会有 100 万死于饥馑，300 万死于环境污染。武康，我也想用一包 TNT 结束这儿的苦难，一了百了。可是，如果我像你一样按下拇指，就要为几百万条人命负责。”

这番话让武康的怒火更为炽烈：“那么我呢？我这个渺小的克隆人就该心甘情愿地去死，以换得那几百万人的生存？”

在刚才那一段时间，老武康从这儿悄无声息地消失了。这会儿他悄悄返回，躲开小武康的目光，向广寒子暗示着什么。广寒子知道他的意思，但佯装没有看见。它对小武康温和地说："当然不是。你同样有权活下去。这50年来，我一直在努力寻找一个能顾及各方利益的解决办法，可惜至今没找到。如果只是想逼昊月公司结束这里的不人道状况，改为雇用真人，那不算困难。但最大的问题不在这儿，而在于三个本不该来到世界上的人——你、秋娥和小哪吒——你们该怎么办？你即使回地球也不会幸福的，因为那儿没有你深爱的妻儿；而秋娥母子呢，别人也许认为他们只是程序中的幻影，删掉就行了，但我想，你恐怕不会同意这样的观点。"

小武康脸上的肌肉抖了一下，咬着牙没有回答。

"武康，你在绝望中想带着秋娥母子与基地同归于尽，我理解你的心情。但坦率地说，这是一个糟糕的决定。不说别的，至少你无权代秋娥来决定她自己的命运。我有个建议，你不妨考虑一下：在你下决心按下起爆钮前，为什么不先听听秋娥的意见呢？你把所有真相告诉她，然后和她商量一下，共同做出决定。"

武康纵然怒火熊熊，听到这儿也不由得瞪大眼睛，非常吃惊。同样吃惊的还有老武康。这个建议的确有些匪夷所思！让武康去询问一个"程序中的人"是否愿意自杀，而且前提是向她道出真相——那娘儿俩其实不是活人！还有一个更大的问题：那对母子是存在于"元神"程序中，而这个程序又存在于广寒子的芯片大脑中。武康又怎么能相信秋娥的回答不是广寒子在捣鬼呢？

这些弯弯太绕了！

小武康沉默着。老武康提心吊胆，广寒子则含笑不语。世上没人比他对武康了解更深。这个蓝领工人深爱妻儿，是把屏幕上那对母子当成真人来疼爱的，所以他绝不会否认他们的存在——既然如此，他当然会尊重秋娥，想听一听她的意见。广寒子断定，只要劝动他与妻儿再见一次面，事态就可能会改变。

良久，武康终于开口了："好的，接通电话。"

4 秒钟后，秋娥出现在屏幕上。她的目光先是专注地望向屏幕之外，显然小哪吒正在那儿玩耍。等她转脸发现屏幕上的丈夫，表情立时变得有些惊愕："武康，出了什么事？咱们刚通过话，你说那是最后一次通话。"

"没什么，我只是想在走前再看看你和儿子。"

"武康，你就别装了。要是我不能透过眼睛看出你的心事，我就不是你妻子了。你那儿肯定出了啥大事，这一点毫无疑问。快告诉我！即使是天大的不幸，我也会和你一块儿扛。"

武康勉强笑道："真的没什么。这次你肯定看走眼了。"

秋娥当然不相信他的搪塞，思忖片刻后问："是不是你的行期要推迟了？"

武康笑着说："没推迟啊。不过——我只是打个比方——要是我的身体已经不适应地球重力，你和儿子愿不愿意来月球陪我？我不会勉强你们，毕竟这儿太荒凉了。"

秋娥没有丝毫犹豫："那儿确实太荒凉，不适合孩子的成长。不过，如果不得不走这一步，我和小哪吒都心甘情愿去陪你，哪怕陪你一生。哪吒过来！爸爸要问你话。"

武康的眼睛湿润了："别别！别惹小家伙哭鼻子，我只是随便说说而已。我很快就回家了。"

秋娥没有听他的，她从屏幕上消失，少顷抱着儿子回到屏幕前。儿子这次全身赤裸，连肚兜也没穿，手上、肚皮和小鸡鸡上满是泥巴。

他笑嘻嘻地说："爸爸你要问啥？快问，我正捏泥人呢。"

武康笑着安抚他："没啥，你玩去吧。秋娥，真的没出事。通话时间到了，再见。"

妻子目光狐疑，显然没有放弃担心，但武康执意不说，她也没办法。分别前她谆谆嘱咐着："记住我的话，不管多大的不幸，我都会和你一起扛……"

武康果断地结束这次通话，陷入长久的沉默。这些天，他一直把愤恨和绝望压在心底。他打算在证实了老武康所说的真相后，就带上妻儿去天国，同时拉几个垫背的：昊月基地，还有冷血的广寒子（自己竟然曾把它当朋友）。但再次与母子见面后，这个复仇计划如沸水浇雪一样融化了。秋娥娘儿俩一向拴在武康的心尖上，这次见面格外揪心。他们那样鲜活灵动，惹人爱怜。他们有权活下去，哪怕是在虚拟世界里。

刚才秋娥说她愿意来月球陪他一生，实际情况是——他打算不回地球了，留在这儿陪娘儿俩，直到地老天荒。但仔细想想，这条路其实走不通。关键是没办法打破真实与虚拟世界的阻隔，让3个人真正生活在一起。如果仍维持在谎言世界中，那是不能长久的。但如果向他们说明真相，又太残酷了。

怎么办？他在绝望中内心激烈冲突，找不到出路。广寒子同情地看着他，柔声说："武康，我想你现在该明白我的苦衷了。50年中我之所以没改变那个不人道的程序，就是因为找不到更好的出路。"它忽然改变了语气，又说，"不过，很庆幸这世上并非我一个人在关心这件事。自打老武康来到这儿，事情有了转机。"

武康和老武康的眼睛都亮了，屏息静听。

“老武康带来了一个好消息：他已经握有秋娥和哪吒的冷冻细胞，还有两人的授权书。”

老武康疑惑地问：“可是你说过……”

“对，我说过，眼下那对母子的元神还太弱，不足以支撑一个三维的克隆人。但我告诉你们一个小秘密：‘元神’程序每 3 年一次的归零重启，其实并非绝对的归零。武康你回想一下，上次通话时，秋娥曾提到她经常做一个梦，说她似乎知道这个过程会多次重复？”

武康还不想同“冷血”的广寒子说话，只是冷冷地点头。

“那是‘元神’程序有意为之。这个程序是我的创造者编写的。直到今天，我一直不知道我的创造者是谁，只知道他肯定是个中国人，因为他在系统中的每一点设定都有深意。像‘元神’，每运行一次，在系统内外的亲情互动中，程序中的人物都会有所强化。这个‘元神凝聚’的过程，在程序中还规定了明确的期限——35 次重生之后，虚拟人的元神就会足够强大，可以支撑一个肉体的真人。那时，老武康准备的细胞就有用处了。”

老武康喜出望外：“真的？那我这趟没有白来！”

小武康的脸膛也亮了，喃喃地说：“35 次重生，那是 105 年。也就是从今天起的 55 年之后？”

“对。”

老武康困惑地问：“广寒子你是不是打算让小武康守在月球别走了，再等 55 年，直到秋娥母子重生？可那时武康都 86 岁了。”

广寒子看着小武康，没有回答。小武康想想，很干脆地说：“那不行。要是让秋娥和哪吒在每一次重生之后，仍然面对同一个武康，一个越来越老的武康，谎话会穿帮的。”他又思考很久，对广寒子说：

“广寒子，这三年咱们一直是割心换肝的好朋友，但经过这些事之后，我真不知道还能不能相信你。”

广寒子平静地说：“我仍是你的朋友。”

老武康赶忙敲边鼓：“武康，你可以相信它，别看它不得不干一些坏事，但心眼儿还是好的。听我的，没错！”

武康下定决心说：“好，我相信你，相信你刚才说的话。那么——就让一切保持原状吧。我是说，把我气化，换一个新的克隆人，让‘元神”程序仍然三年一次归零；照这样一次次轮回下去，直到秋娥和哪吒修成真身。”

这个办法未免残酷，但冷静想想，应该是唯一可行的路了。老武康不忍地望着小武康，伤心地说：“这对你太不公平了！”

“没关系，只要秋娥和哪吒能活过来，并和丈夫团聚，我在阴间也会笑醒的。再说，我好歹已经有了一个3年的人生，虽然短一点，但始终保持着强烈的回家念头，这样的人生其实也不错。幸福不在生命长短，蜜蜂和蝴蝶只有几个月寿命，不是照样活得快快活活？”他笑着说。

他看来真正想通了，表情祥和，刚才的戾气完全消失了。他关了手中的遥控器，随手扔掉，又取下太空服头罩，略带嘲讽地问老武康：“刚才你和广寒子挤眉弄眼，是不是搞了什么小动作？把我安在地下室的炸药包引信拆除了？”

老武康窘迫地点头。他这次“教唆于前”又“叛变于后”，对小武康而言实在有点儿不地道。

正在这时，广寒子忽然突兀地说：“董事长先生，你可以露面了。”

施天荣突然出现在一面屏幕上。其实早在武康穿上太空服时，广寒子就悄悄打开了与公司总部的通话设施，并一直保持着畅通。它想让那位董事长亲眼看到事态的发展，因为——对一位过于自信的商界精英来说，这样的直观教育最有效。广寒子笑着问：“施董，你刚才已目睹了事件的全过程。我想问一句，当武康按着起爆钮时，你的心跳是否曾加速？当武康与妻儿在感情中煎熬时，你是否感到内疚？我一直很尊敬你，但我认为你50年前的这个决定不算明智。你死抱着‘克隆人非人’的陈腐观点，结果为自己培养了怒火满腔的复仇者。如果刚才真的一声爆炸，你会后悔莫及的。”

施天荣虽然很窘迫，但毕竟是一个老练的大企业家，很快便恢复平静，大度地说：“你说得对，我为自己的错误而羞愧，而且更多的是感动——感动你以天下苍生为念，一直忍受着心灵痛苦，默默尽你的本分；尤其是今天，你用爱心和智慧化解了一个无解的难题。你是真正的仁者和智者，我不知道如何表达我的感激。”

“恭维话就不必说了，先对你的受害者道歉吧。”

“武康——我是说年轻的这位，我真诚地向你道歉。公司愿做出任何补救，只要能减轻你的痛苦。这样好不好，我们可以按你的意见让那儿保持原样，即重复‘元神’程序每3年一次的归零循环，直到秋娥和哪吒修成真身。但你本人回地球吧，公司负责安排你的后半生。”

“不，我不会离开秋娥和哪吒而活着，那不过是一个活死人而已。”武康冷冷地一口回绝，“你现在能做的最好补救，是让我忘掉我已经知道的真相，仍旧像前几代克隆人一样，怀着回家的渴望走进气化室去。要是能那么着，我就太幸福了。你能做到吗？”施天荣很窘迫，他当然做不到这一点。“算了，我不难为你了，我自己来试着忘掉它吧。”

施天荣想转移窘迫，笑着说："喂，老武康，过来一起向小武康道歉吧，你在这件事中也有责任。"

老武康闷声说："光是道歉远远不够，我会到地狱中去继续忏悔。"他讥讽道，"尊敬的董事长，我有个小问题，50 年前就想问了。那时你亲自劝我签那个合同，你说几十个口腔细胞简直说不上和我有什么关联。但你为啥不克隆自己的细胞呢？它们同样和你'简直说不上有什么关联'啊，还能省下 2000 万呢！"

施天荣再次窘住，这次比上次更甚。广寒子不想让主人过于难堪，笑着为他转圜："那是施先生知道珍爱自身，哪怕是对于几个微不足道的口腔细胞。当然，这种自珍仍是一种自私，是比较高尚的自私。但是老武康，我要再说一句不中听的话，如果你在签合同时也能有这种品德，那就不会有后来的事啦了。"

老武康满脸沮丧，闭口无语。广寒子又说："施先生，我也有一个小问题，今天趁机问问吧。我一直不知道自己的创造者是谁，只能推断出他肯定是个中国人，因为他在创造中留下了不少中国元素，比如用中国神话为我命名，在我的资料库中输入《论语》《老子》《周易》等众多中国典籍。你能否告诉我他的名字？"

施天荣略一沉吟，之后说："就是我本人。吹一句牛吧，我在创建昊月公司之前，是一个相当不错的计算机专家。"

"是你？"广寒子虽然智慧圆通，此刻也不免惊奇。在它的印象中，施先生的政治观点无疑偏于保守。但在"元神"程序中，他实际为电子智能的诞生悄悄布下了棋子，这种观点又是超乎寻常的激进。这两种互相拮抗的观点怎么能共处于一个大脑内而不引起死机呢？

施天荣敏锐地猜出它的思路，平和地说：“你不必奇怪。科学家和企业家——这两种身份并非总能一致的，它俩常常干架。”他笑着补充道，“所幸人脑不会死机。”

广寒子试探地问：“那我再问一个相关问题吧——你是否事先弄到了秋娥和哪吒的细胞？我只是推测，既然你为‘元神’程序设计了那样的功能，如果不事先弄到两人的细胞就说不通了。”

施董本不想承认，但在今天的融洽气氛下也不忍心说谎，便笑着说：“我无法取得两人的授权书，当然不会干这种非法的事了。不过，也许，我某个富有前瞻性又过于热心的下属，会瞒着我去窃取它的。”

广寒子半是玩笑半是讥刺：“董事长先生，我一向尊敬你，现在又多了几分敬佩——为了你的前瞻性，也为你有那样富于前瞻性和主动性的下属。”

施董打了个哈哈：“不，你过誉了，你才是一个值得敬佩的仁者和智者。套用法国文豪大仲马的一句自夸吧：我一生中最为自傲的成就是创造了你，一个电脑智能，不仅有大智慧，而且冷冰冰的芯片里跳动着一颗火热的心。两位武康，你们同意我的评价吧？”

小武康没有接腔。虽然他已经基本原谅了广寒子。老武康则满心欢喜，到现在为止，他的冒险计划可说是功德圆满——纵然计划本身漏洞百出。他搂住广寒子硬邦邦的身体，亲昵地说：“当然同意！早在50年前我就给出这个结论了。”

5天后，小武康又和妻子通了一次话。面对妻子忧心忡忡的眼神，他抢先说：“秋娥，通报一个好消息。前几天广寒子为我做临行体检，曾怀疑我的心脏有问题，不能适应地球重力。现在已证实那是仪器故障。一场虚惊。”

秋娥眼神中的担忧慢慢融化，然后喜悦之花开始绽放，再转为怒放：“也就是说，你仍旧会按原定时间返回？”

“对，马上就要动身了，3 天之后抵达地球。”

“哈，这我就放心了！哼，你个不老实的家伙，前天竟然想骗我！那时我就知道，你肯定有心事。”

“是的是的，你是谁啊，我的心事当然瞒不过你的眼睛。怎么样，你的牙齿是否已经磨利了？”

他是指上次秋娥说的“要细嚼慢咽”那句话。秋娥喜笑颜开：“早磨利了，你就等着吧。”

武康继续开玩笑：“呀，我又忘了提醒你，说枕头话时要注意有没有外人……”

“你是指那位勇敢的老牛仔？没关系，我已经把他算成家人了。”

她把儿子抱到屏幕前，让他同爸爸说话。小哪吒用小手摸着屏幕，好奇地问：“爸爸你今天就动身？”

“对。”

“真的？”

“当然啦！”

“不骗人？”

“不骗人。”

“可为啥昨晚我又做那个梦？”他疑惑地问。

这句话忽然击中武康，感情顿时失控，眼中一下子盈满泪水。小哪吒很害怕，转回头问妈妈：“妈，爸爸咋哭啦？”

武康努力平抑情绪，哑声说：“小哪吒，别怕，有妈妈保护你呢，我也很快回家去保护你！”

被幸福陶醉的秋娥失去了往常的警觉，抱过小哪吒亲了亲，幽幽地说：“都怪盼你的时间太长，孩子都不敢信你的话了。哪吒，这次是真的！”

“对，儿子，这次是真的！”

他们在屏幕上依依惜别。

广寒子接通地球的公司总部，办公室里，施董偕董事会全体成员肃立着，郑重地向小武康鞠躬致谢，道了永别。之后，武康平静地走进过渡舱，躺到那个永远不会启程的自动客运飞船里。预录的公司感谢词按程序开始自动播放，在已经得知真相后听这些致辞，真是最辛辣的讽刺。老武康想把它关掉，小武康平静地说：“别管它，让它放吧。”

致辞播完，广寒子说：“武康，我的老朋友，与你永别前，我想咨询一件事。”

“你说。”

“你走后，我会如约让这个程序继续下去。对秋娥和小哪吒我会保密，永远不让他们知道真相。但对于一代代的武康呢？是像过去一样瞒着他们，还是让他们知道真相？武康，作为当事人，你帮我拿个主意，看哪种方式对武康们更好。”

这是个两难的选择，瞒着真相——武康们会在幸福中懵懵懂懂地死去；披露真相——武康们会清醒地感受痛苦，但也许会觉得生命更有意义。躺在“棺材”中的武康长久沉默，广寒子耐心地等着。最后武康莞尔一笑：“要不这样吧——让他们像我一样，在三年时间里不知道真相，然后在最后 13 天把真相捅破。”

也就是说，让各代武康都积聚一生期盼，然后在最后13天里化为一场火山爆发。老武康对这个决定很担心：这个过程是否每次都能有满意的结局？每一代武康的反应是否都会一样？小武康把这个难题留给了广寒子，也算是他最后的、很别致的报复吧。广寒子没有显出畏难情绪，平静地说："好的，谨遵老朋友的吩咐。"

"永别了，好心眼儿的广寒子，"小武康在最后时刻恢复了这个称呼，"替我关照秋娥和小哪吒，还有我那些不能见面的孪生兄弟。你本人也多保重，你的苦难还长着呢。还有您，老武康，虽然您没能改变我的命运，但我还是要谢谢您——不，这话说得不合适，应该说：您没能改变我的死亡，但已经改变了我的命运。"

老武康泪流满面。

"现在请启动气化程序，让新的轮回开始吧。"气化程序开始前，小武康喃喃地说了最后一句话，"这场百年接力赛中，我真羡慕那个跑最后一棒的兄弟啊。"

关妖精的瓶子

物理学的另类解读

夏笳

詹姆斯·C·麦克斯韦先生虽然是一位严谨的物理学家，但是在面对超自然现象时却相当能沉得住气，这或许要多亏了他的妻子对一切民间传说的多年爱好。

眼下一位不速之客正坐在壁炉旁边，样子多少有点寒酸。经过主人的再三请求，他才勉强摘下头上那顶又厚又皱的暗绿色尖顶帽放在膝盖上揉捏着，露出汗涔涔的额头和那双标志性的毛茸茸的耳朵。

“抱歉，失陪一下。”麦克斯韦先生说着，起身离开了客厅，这时玛丽正端着咖啡站在走廊尽头。

“那就是传说中的妖精？”她好奇地问。

“至少他自己是这么说的。”

“个头倒挺大的。”玛丽评价道，“就是样子好像不太中用。”

的确，那个坐在壁炉旁的……（该怎么称呼呢？东西？）完全没有任何可以称作是威严、神奇甚至是可怕的仪容，披着一件破旧的外套，倒像一个刚从玉米地里钻出来的农场工人，尽管他确实是像传说中那样，“嘭”的一声，伴随着一阵烟雾凭空出现在麦克斯韦先生的实验室里的。

“我想这是个玩笑，”麦克斯韦先生耸耸肩，“尽管不明白为什么。”

“不过你还是小心点，妖精的力量没准儿并不像外表看上去一样。”玛丽说道，语气中却听不出什么担忧之意。他们一起回到了客厅。

喝下一杯热乎乎的黑咖啡后，妖精看上去放松了一些，于是麦克斯韦先生重新挑起话题：“龙……抱歉，这位先生，您一开始说您的全名是？”

“科鲁耐里亚斯·古斯塔夫·龙佩尔斯迪尔钦[1]。”妖精回答道，表情几乎有点不好意思，“这是后来人家给我起的，一个非常古老的德国姓氏。”

“是的，是的，先生，不过还是让我们继续吧，我记得刚才我们谈到阿基米德。”

“对，他是我的第一个主人，实话说吧，一个不折不扣的老疯子。”妖精板着脸说，“我被他使唤了几十年，造了不知道多少乱七八糟的东西，罗马兵攻进叙拉城的前一天晚上，他把我封到石板里面，一封就是一百多年哪[2]。”说到这里，妖精的眼睛居然有点湿润了，他连忙用长满毛的手背胡乱摸了两下。

麦克斯韦先生清了清嗓子：“我明白，不过您还没说你们当时打的什么赌呢。”

---

①这确实是一个作者本人拼凑的，非常古老的德国姓氏。其中龙佩尔斯迪尔钦这个姓来源于《格林童话·矮子精》，故事中的矮子精让王后猜他的姓，如果猜不出就要把她的孩子抱走。

②这里实际是在说阿基米德的死亡。当时罗马军队攻陷叙拉古城，冲进阿基米德的房间，那时候他正在做数学题，并且平静地说：“让我把这道题做完。”这时一个愤怒的罗马士兵杀死了他，妖精所叙述的事情即发生在叙拉沦陷的前一夜。

“打赌？哦，是的……太久啦，我……我记不清了。”妖精结结巴巴地说，继续低头揉捏他的破帽子，“其实那件事儿从开头就注定是我吃亏，您也知道他是个多难缠的老头。”

“好吧，那么您又是怎么从法拉第先生的实验笔记里冒出来的呢？”

“这个说起来话可长了，中间经历了好多事儿哪，您要是知道了我那一串儿主人的名字准能猜到是怎么个过程，我也不跟您在这儿废话。”妖精抬起头，用一种近乎哀怨的眼神望着对方，“总之你们这些搞物理的没几个正常人，就拿那位法拉第先生来说吧，我那天正帮他缠线圈缠得好好的，他就突然跟我来一句：‘你跟着我已经够久了吧，我也没什么事儿要你做了。’连声告别都没有，就这么着拿个本子把我封起来，然后我就稀里糊涂地到了您这儿。千真万确，跟了他这么久，除了线圈就是线圈，连一个铜板也没想起来向我要过。”

麦克斯韦先生刚想对此事发表一下评论，因为，众所周知，法拉第先生是他的老师，但是玛丽仪态万方地出现在了门口。

“詹，要留这位先生吃晚饭吗？”

妖精顿时坐立不安起来：“不……不用麻烦了，先生，太太，我想我们还是尽快把事儿办了吧。”他从口袋里摸索出一卷油腻腻的羊皮纸，因为年代久远而残缺不全。

麦克斯韦先生展开细细地看，妖精在旁边继续说：“总的来说就是这么回事儿，咱们俩打个赌，我输了，我就供您差遣，要是您输了，您的灵魂和一切财产就归我，而我就从此自由了。”

“一定得这么办？”玛丽斜过身子问道。

“老规矩啦，太太，几千年来大家都是这么办的，您大概多少听说过。”

“和妖精打赌未必是件有利可图的事。”麦克斯韦先生抬起头，“你能带给我什么？”

“很多。”妖精伸出毛茸茸的爪子，亮闪闪的金币从掌心里冒出来，他故意让它们叮叮咚咚地落在地上，“财富，权势，地位，只要是你所要求的。”

麦克斯韦先生好奇地望着他的手掌：“不管怎么说，这似乎是个机会……”他喃喃自语道，“好吧，玛丽，我们迟会儿再开饭，现在先拿支笔来。”

打赌的规则是这样的，麦克斯韦先生提出一个难题，如果妖精在 24 小时内无法解决，胜利就归麦克斯韦先生，否则就是妖精赢得一切，当然，前提条件是这个难题必须是有某种特定答案的。

“不能拿些不清不楚的问题来难为我，先生，您让我绕着美洲大陆跑一圈都成，别问我能不能出个自己都回答不了的难题①。”麦克斯韦先生表示接受。

“这事儿怕没那么容易，亲爱的。”麦克斯韦夫人心中多少有点忐忑不安，“你怎么能有把握赢过妖精呢？”

“听我说，玛丽。”麦克斯韦先生小心地压低声音，“我仔细看过契约书了，猜猜我发现的最有意思的事情是什么？那一长串签名，亚里士多德、伽利略、牛顿、哥白尼，几乎我所知道的物理学家都在上面，齐全得可以编进百科全书了。这倒不稀奇，可是你想

①这实际上是一个悖论，无论从任何角度都无法解决。古希腊的很多哲学家们（当时哲学和物理学还没有分开）都喜欢研究悖论，妖精一定吃过他们的亏。

想看，几千年来，从没听说这上面的哪个人是因为和妖精订了什么契约而输掉性命的，我想我还不至于是第一个。”

玛丽迅速地眨眨眼睛。

“可怜的妖精。”她叹出一口气，“你打算怎么为难他？”

“慢慢看着吧，其实我也没有什么把握。”

就在妖精把他汗涔涔的尖顶帽揉到一百零八次的时候，麦克斯韦夫人带着和蔼可亲的微笑把他请进丈夫的实验室，顺便小心翼翼地从他手里抢救出饱经蹂躏的帽子挂到衣帽架上，这时候麦克斯韦先生正在对初具雏形的仪器设备进行进一步调试。

“我想这样就可以了。”麦克斯韦先生将塞有橡胶塞的一端从水槽里取出来[①]，说道，“来吧，这边是入口。”

妖精用近乎绝望的眼神看着这堆闪闪发光的玻璃器皿，它的主体是一个两端有橡胶塞的大玻璃瓶子，瓶子中间被一道竖直的玻璃隔片隔成两半，其中一边装有一些液态乙醚。

“你要把我关进去？”妖精有气无力地问。

“不错，让我们来看看你能不能找到出来的办法。”麦克斯韦先生回答道，“这将是很有意义的一次实验。”

“妖精站在空瓶子的那一头犹豫了一阵，带着听天由命的神情缩小身躯钻进瓶子里，随着一阵响动瓶口被塞住了。

他飘浮在空气里向四周张望着，玻璃瓶壁展开一个圆滑的弧度，将外面的景物放大了很多倍，麦克斯韦先生及夫人正在向里面好奇

①这是用来检验容器密封性能的简易方法，利用手掌的温度对容器加热，将它放在水里，看有没有气泡漏出来。

地张望着。

直接出去是不可能的。众所周知，在任何一个童话里，一个妖精再怎么神通广大，只要被人关进了玻璃瓶就再也别想出去。（这个奇怪的事实或许说明了妖精的变身能力是有限度的，否则他就可以缩到原子级别，然后从二氧化硅巨大整齐的网格中悠哉悠哉地钻出去[①]，虽然我们很难说他会不会受到静电力的影响而被牢牢地吸附在某个共价键上。）显然，麦克斯韦先生是将这一点考虑进这个有趣的实验中的，哦不，差点忘了，这是一场生死攸关的赌博。

那么，要出去只有一个办法，一个由实验者事先决定好的，唯一的方法。

我们应该说妖精科鲁耐里亚斯·古斯塔夫·龙佩尔斯迪尔钦具有相当良好的科学头脑，或者，至少是在长达几千年与物理学家的相处中多少学会了一些科学的思维方式。最初的沮丧情绪逐渐平息之后，他开始尝试着把自己缩得更小，然后仔细地检查玻璃瓶的每一寸内壁。

当麦克斯韦先生和夫人喝过一杯咖啡，进入实验室观察进展时，妖精重新把自己变到肉眼可见的尺度，身上满是湿乎乎的乙醚蒸气。

“我在横隔上发现了两个小孔。”他宣布说，“对我而言它们稍微窄小了一点，不过我还是把脑袋探到另外一边去看过了，除了令人晕眩的气体外什么也没有[①]。”“那些孔本来说就不是为你弄的。”麦克斯韦先生略带歉意地说，“我尽量把它们弄小一点，这是出于

①二氧化硅的晶体结构是呈立体的蜂巢形状的，每两个硅原子间的共价键上接一个氧原子，不过严格说来，玻璃并不是由纯净的二氧化硅所组成的，而是包含了很多杂质。

实验目的的考虑。”

妖精搔搔毛茸茸的后脑勺。

“我想我很快就能明白你的意思。”说完它又变得看不见了。

当他们走出实验室时，麦克斯韦先生夫人像少女般调皮地眨了眨眼睛，说：“我开始认为你赢定了，亲爱的，不过这没什么了不起，一个渔夫都能做得比你好[②]，可以的话我倒想听听其中的奥秘。”

“事实上，我想看看他有没有可能将冷热气体分开，换句话说，速度快的和速度慢的，这里涉及减熵的问题。”麦克斯韦先生回答道，“你知道，热力学第二定律规定能量不可能无代价地由高能物体转向低能物体，换一种说法，物体内部的无序程度，也就是熵，永远只能朝着增加的方向变化。就是为什么一团炽热的气体能够自由扩散，而要把它压缩回原来的状态就得靠外界对它作功的原因。玫瑰凋谢，人会渐渐成长并老去，而宇宙最终会变成一团稀薄均匀的气体，不再有星星燃烧，一切一切都是热力学第二定律在起作用[③]。”“听上去太让人伤心了。”玛丽握着他的手低声说道，“我不喜欢这个定律。”

“还好，它不是我总结出来的。”麦克斯韦先生温柔地笑笑，“但

①乙醚蒸气在医学上可以用作麻醉气体，但是在这里主要运用了它容易在低温下汽化的特性。

②指《一千零一夜》中渔夫和魔鬼的故事，只是一个普通渔夫就能把魔鬼骗回到瓶子里去，那么有人或许会问，麦克斯韦先生又何苦搞得这么麻烦呢？我们只能把这归于物理学家探究事物的好奇心，以及……妖精纯朴的天性。

③前一句话是热力学第二定律的开尔文表述，即热量不可能无条件地转化为功，后一句话是克劳修斯表述，这两种表述是完全等价的。“熵”是热力学中用来描述物质内部无序程度的物理量，当冷热气体相互扩散后，熵会等于这两种气体各自熵的和。根据热力学第二定律，熵应该是永远增加的，因此扩散、生长、腐烂等等过程都不可逆。

是我想这并不绝对，如果有个跟气体分子差不多大小，心灵手巧的妖精在一团气体中间把着门，让速度快的分子进入一边，而速度慢的分子进入另一边的话，经过足够长的时间气体将自动分成冷热两个部分，结果呢？熵会减小，这个不讨人喜欢的定律失效了。”

“有可能吗？”玛丽睁大眼睛问道。

“只是个假设，我从来没想过能有机会用实验证实一下。理论上第二定律是不可推翻的，瞧，我们的身家性命都押在这个定律上呢。”

“这真让人心里有点不舒服。”

麦克斯韦先生微笑着搂过夫人的肩膀，在她额头上轻吻一下：“你先去睡吧，亲爱的，我想继续观察一小会儿。”

一个小时后他再去看的时候，发现妖精已经抓住了诀窍。

“我缩小到了所能到达的极限，那些空气分子就像一些疯狂的小弹珠一样飞来飞去[①]。”妖精气喘吁吁地说道，“我在想如果能控制这两个小孔，只让速度快的进入另外一边，就会使那边的温度升高，让液体变成气体推动塞子，甚至可能发生爆炸[②]。”“看来你真的知

①指气体分子在不停地做剧烈的热运动。

②这里涉及文章题目的含义—“麦克斯韦妖”的概念。这是热学史上一个相当有趣，并引起很多争论的话题，最初是由麦克斯韦本人提出的。热力学第二定律表明，热能不可能无条件地从低温物体转向高温物体，在这个过程中必然要发生能量的损耗，但是麦克斯韦提出，如果存在一种形态微小，手脚灵巧的“妖精”，在一个封闭的系统中掌管两道门，让分子运动速度较快的进入一侧，而速度慢的进入另一侧，就能通过分子的无规则运动使冷热分开。利用这个原理，轮船就能在海上航行，利用海水中的热能做功，将剩下的冰块排出，而这实际上是违反热力学第二定律的。这个假设虽然荒诞不经，却引出了许多认真的讨论，并得出有关于负熵及信息熵的概念，在此不做过多介绍，只是想说明科学家们在研究看似严肃的物理问题时，也往往是保持着旺盛的幻想能力与童心的。

道不少东西呢。”麦克斯韦先生赞许道，“加油干吧，可能的话顺便帮忙记录一下那些朝你飞过来的小分子速度，或许我能借此机会验证一下我的速率分布理论[①]。”说完他便离开了。

第二天早餐后麦克斯韦先生与夫人欣赏了一支舒伯特的即兴钢琴曲，然后迈着轻快的步子走向实验室，清晨凉爽的风正从窗外的玫瑰花园里吹进来。

“怎么样？”他俯下身子仔细看了看，乙醚液面并没有明显的下降，“看来你这一晚上效率并不高啊。”

妖精甚至没有现身，只是扯着嗓子大喊着：“您自己试试看就知道啦，先生，枪林弹雨哪，哎哟！对，我是说，在您看来这分子好像老老实实的，其实一个个都跟发了疯似的，能站稳脚跟儿就不错啦，哎哟！哎哟！嗨，就好像把疯狂的牛群分开似的，西部牛仔干的就是这活儿，行啦，不跟您说啦！”

麦克斯韦先生摇摇头，这时玛丽从后面靠上来，柔声说道：“你看上去挺失望，詹？”

“可能有一点。”他转过身，轻吻妻子芬芳的卷发，“我们的妖精虽说不上精细灵巧，可也挺卖力的呢。”

“我们的？”玛丽冲他顽皮地眨眨眼睛。当丈夫离开实验室去书房的时候，她小心地拉上窗帘，将早上温暖明媚的阳光挡在外面，以免影响了实验精度。

当他们傍晚散步归来的时候，终于看到了一点成果——瓶子那

①指“麦克斯韦分布律”，这是由麦克斯韦得出的一个方程式，用来描述同一系统中，不同速率的分子的概率分布情况。或者也可以说，一个分子在速率无规则变化的过程中，处于不同速率的概率分布情况，两者其实是等价的。

边的温度确实有升高，但是远远不够。

“其实我早该想到，妖精在内部也要做功的，对这个尺度的妖精而言，这太困难了。”麦克斯韦先生若有所思地说，“无论如何，第二定律胜利了。”

两个人心平气和地坐在旁边等待着。巨大的时钟敲响了九点整，随着“砰”的一声响，妖精气咻咻地将他那扁平的鼻子贴在玻璃瓶内壁上。

“我认输了！”他声音嘶哑地说，“快放我出去。”

妖精被放出来，玛丽十分体贴地端来面包卷和热咖啡，妖精狼吞虎咽了一番，总算恢复了精神。

“我可从来没干过这么累人的活儿，真想让您找个机会亲自试试。”

麦克斯韦先生笑眯眯地叼着雪茄，脸上流露出好奇的表情。

“我想那一定挺有意思。”他边说边取出那卷长长的写在羊皮纸上的契约书，妖精神情沮丧地签上他笨拙的字体表示新的主仆关系生效。

“以后我就听您的了。”他把一只手指头放到嘴里，开始轮番咬指甲，“不过您能不能给我解释一下刚才是怎么回事？总有什么科学原理的，对吧？您给我讲讲。”

麦克斯韦先生挠了挠脑袋，站起来说：“好吧，你跟我到书房来，有几本书是我自己写的，可以先补充点基础的东西……”

他搂着妖精宽大的肩膀走出去了，玛丽叹口气，柔顺地把满桌杯子和盘子收成一摞，本来还以为从此这些事情就可以拜托妖精干的。无论如何，今后的生活看起来相当值得期待。

这就是麦克斯韦先生怎样轻易地制服了妖精，或者换个角度来说，这位因为遇见了阿基米德，从而决定了之后的几千年中一系列悲惨遭遇的妖精科鲁耐里亚斯·古斯塔夫·龙佩尔斯迪尔钦，是怎样又一次不幸失败的故事，但是这个故事到这里还没有完全结束。

当麦克斯韦先生及其夫人去世后，他们在天堂的角落里种了一小片玫瑰，一时间再没有什么物理研究来打扰他们清闲而宁静的生活，不过心地善良的妖精偶尔会来看看他们。

“你带来了什么？”麦克斯韦先生坐在椅子里问，他的妻子仪态温婉地站在一边，姿势和位置都和他们生前所习惯的没有区别。

“一张照片，先生，太太。”妖精把那张薄薄的光滑的纸片从背后拿出来，神情有些扭捏，“是我照的。”

麦克斯韦先生把照片举到眼前细细地看，上面是一些他不认识的人[①]。“让我猜猜……哪个是你现在的主人？或者说，是谁看了我的手稿？”

“前排，中间那个，先生。不，再往右边，您相信吗？那时候他才 16 岁，我算是看着他长大的。”妖精边叹气边说，“别看他现在形象这么邋遢，头发好像闪电打过似的，当年可是个英俊少年。”

“他都让你干什么了？”麦克斯韦先生好奇地问。

“他跟我说：‘喏，你追着这束光跑，能跑多快跑多快，等你追上它的时候别忘了告诉我你看到了什么。’你说说，这是人干的事吗？”

①这张照片是真实存在的，照片上有包括爱因斯坦在内的 29 位著名物理学家，可以称作是“世上最强合影”。

“当然，当然……”麦克斯韦先生沉思着，“我认为这个想法很了不起，众所周知，光速是不变的，这我早就证明啦[①]。”

“我不太明白。”麦克斯韦夫人柔声说，“听上去是挺难为人的。”

“还有更过分的哪，太太。”妖精眨巴着眼睛，亮晶晶的泪水在里面打着转，“您再看这位先生，背着我不知道搞了什么鬼名堂，然后拿出个盒子神秘兮兮地让我钻进去。我可从您这儿学乖啦，郑重建议他放只猫进去试试，让我猜到底会发生点什么，结果到现在都不知道那可怜的小家伙是死是活[③]。”“猫？那是什么意思？”麦克斯韦先生问道。

“这得慢慢讲，以后您会明白的，这跟您以前研究的东西不太一样。”妖经略有几分得意地回答，“最关键的是这个老家伙，对，我就是要说他，他给我讲了一上午的物质结构，还笑眯眯地拍着我的肩膀夸我学得挺快，到最后拿着红笔往满黑板乱七八糟的图上圈了两个小球，然后说：‘好吧，你能让它们朝同一个方向转我就服

①爱因斯坦最早提出狭义相对论的构想就是在16岁，他在一篇论文里写道：“如果能够以光速前进，就能看到周围存在着静止的，同时又是振荡的电磁波，这真是一个奇妙的矛盾。”而这一构想是根据麦克斯韦的光速不变理论而来的，最终他大胆推断，既然无论以什么样的速度运动，所测量到的光速都是不变的，那么只能是时空本身发生了收缩。总之，现在就算是小学生也知道，妖精想要追上光速是不可能的。

②指薛定谔的猫，这是薛定谔在描述量子力学中的不确定性时，所提出的一个相当经典的比喻。如果将一只猫放进一个封闭的盒子里，里面有一个放射性的粒子，该粒子的衰变能够开启一个装有剧毒物质的瓶子而杀死猫。因为在打开盒子实际观测之前，粒子的衰变与否始终处于不确定的状态，因此猫也就处于半死半活、既是死也是活的奇妙状态，而观测这一行为本身将导致系统本身发生扰动，最终决定猫的生死。

了你[1]’。”麦克斯韦先生疑惑地摇摇头，显然，这都不是他研究领域内的东西，但是无疑重新激起了他对于物理学的兴趣。

“我会在今天下午的茶会上提出这些问题，你愿意参加吗？或许，你想见见你以前的主人们，现在你所知道的东西已经超过我们了。”

“他们都会来吗？”妖精有几分怯怯地问。

“大多数都会来，如果阿基米德先生没有忘了时间，而牛顿先生又没有身体不适的话[3]，我们每天下午都会在一起喝茶，这个传统延续几千年了。”

“阿基米德先生？你是说阿基米德先生？”妖精抓起他从不离身的尖顶帽从椅子里跳起来，紧张不安地向四周张望着，“哦，不了，谢谢您的好意，但是我突然想起我还有点事……”

“太遗憾了，你真的这么不想见到他吗？”麦克斯韦先生站起来把妖精送到门口，“那么你能不能告诉我，他到底问了你什么问题？我猜了很久都没猜出来。”

妖精回过头，天堂宁静的午后阳光铺洒在他毛茸茸的耳朵和悲伤的黄眼睛上，是如此温暖宁静，但他仍然笨拙地缩了缩脖子，仿佛仍不禁在那位容易激动的老人激昂的气势威慑之下打了个寒战似的。

“其实他是个老好人，有时候我还真挺想念他的。”他回答道，“可是他不该冲着我喊：‘给我一个支点！’这可是连上帝都没法办到的事情啊。”

---

①指泡利不相容原理，泡利认为对于费米子而言，存在于同一个能级上的两个电子一定自旋方向相反，这个原理似乎高中的化学课本里面有涉及。

②牛顿晚年时健康恶化，患有厌食、失眠等严重症状，并且有间发性的受迫害狂想症，于 1727 年因病去世。

异域

何夕

超时空进化

一

我跨了进去，而后便觉得大脑中嗡嗡地乱响一通，开初眼前那种微微闪烁的白亮忽然间就变成了黄昏。四周长满了高大得给人以压迫感的植物，有种莫名的慌乱掠过我的心中，我不自觉地回头看了眼蓝月，她似乎没有什么不适，于是我又觉得有一丝惭愧。戈尔在我身后不远处整理设备，仪器已经开始工作，当前的坐标显示我们正好处于预定区域。身后 20 米开外有一团橄榄形的紫色区域，那里是我们完成任务后撤离的密码门。

我始终认为这次行动是不折不扣的小题大做，从全球范围紧急调集几百名尖端人才来完成一个低级任务，这无论如何都显得有些过分。我看了眼手中最新式的 M-42 型激光枪，它那乌黑发亮的外壳让所有见到的人都不由得生出一丝敬畏。但一想到如此先进的武器竟会被用作宰牛刀，我心里就有股说不出的滑稽感。

“2 号，你跟在我身后，千万不要落下。”蓝月在叫我，说实话，她的声音不是我喜欢的那种，也就是说不够温柔，尤其是当她用这种口气对我下命令的时候。

“我叫何夕，不叫 2 号，我也不想叫你 1 号。”我不满地看了她一眼。老实说，我的语气里多少有点酸溜溜的味道。在演习时输给她，的确让一向心高气傲的我有些沮丧，我本以为凭自己的能力是不会遇到什么对手的。

蓝月有些意外地看着我，微风把她额前的短发吹得有几分凌乱，而不知怎么，她那双黑白分明的眸子竟然让我感到一丝慌张。如果站在客观的立场上来评价的话（当然我现在根本做不到这一点），蓝月的确可算是具有东方气质的美人儿，就连我们身上这种怪模怪样的特警服到了她的身上似乎也成了今秋最流行的时装，让人很难相信她竟会是那个又黑又瘦的蓝江水教授的女儿。从基地出发的时候，蓝江水特意赶来给蓝月送行，一副猥猥琐琐的样子。在这个人才济济的全球最大的科研基地里，蓝江水是个没有出过成果的名不见经传的人物，我听说只是因为他曾经是基地最高执行主席西麦博士的老师，所以才勉强担任了一个次要部门的负责人。蓝江水显然对女儿的远行不甚放心，一直牵着蓝月的手依依不舍。我想他应该知道我们此去的任务是什么，别说是危险了，恐怕连小刺激也说不上。当然，做父母的心情我多少也能体谅一点。

之后，西麦博士开始谈笑风生地给我们第一批出发的特警交代此去应注意的一些问题，他的话不时被掌声打断。在此之前，我从未这样面对面地接触过西麦博士，他看上去比平时我们在媒体上见到的要亲切得多，言谈举止间都显现出大科学家特有的令人折服的风采。我知道西麦博士是我们时代的传奇人物，正是他从根本上解决了全球的粮食问题，现在的世界能养活 300 亿人跟他的研究成果密不可分。像我这样的外行并不清楚那是些什么成果，但我和这个世界上的所有人都知道，正是从西麦农场源源不断运出的产品给予了我们富足的生活。西麦农场是这个世界上唯一的农场，像我这样年龄的人几乎从生下来起就蒙受恩泽。西麦农场最初规模并不大，但如今的面积已经超过了澳大利亚。多年以来，位于基地附近的西麦农场几乎已成为人类心中的圣地。当然与此同时，西麦博士的声望也如日中天，他现在是地球联邦的副总统，不过，普遍的观点是他将在下届选举中毫无疑义地当选为总统。在西麦博士讲话的时候，我无意中瞟了蓝江水一眼，发现他眉宇间的皱纹变得很深，目光有些飘忽地看着远处，仿佛那里有一些令他感到很不安的东西。这个场景并没有激起我任何探究的念头，我只是名警察，对与己无关的事情没有太大的兴趣。

这时，戈尔叼着一支雪茄走了过来，他是我们这个小组里的3号。戈尔是令我讨厌的那种人，尽管现在世界上多数人都和他一样：好烟酒，爱吃肥肉和减肥药，不到50岁的人居然已经有了九个孩子，而且听说其中有3个还是特意用药物生产的三胞胎。当初分组的时候，我就不太情愿跟他在一组。戈尔是我们这个小组之中体格最壮的一个，背的装备也最多，就这一点还算让我对他有那么一丝好感。戈尔是我们小组中唯一真正参加过战争的人，那是20多前的事了，当时，几个国家为了粮食以及能源之类的问题打得不可开交。有意思的是后来西麦博士出现了，一场战争在快要决出胜负的时候失去了意义。于是，戈尔从军人变成了警察，他时时流露出没能成为将军的遗憾，不过我觉得他没有一点将军相。我记得从被选中参加这项任务时起，戈尔的脸上就一直笼罩着一团红晕，兴奋得像头猎豹，他甚至还宣布戒了酒。在这一点上，我有些瞧不上他，不就是打猎嘛，何必那么紧张。西麦博士说，我们的任务就是到西麦农场去把那些逃跑的家畜赶进圈栏，必要时可以就地消灭。不过说实话，我到现在仍然没看出这个地方有哪一点像是农场，在我看来，这里树高林茂活脱脱是片森林。远处浓密的植被间不时跳出几只牛羊来，看见我们就惊慌地跑开。我叹口气，连最后一丝抓枪把的欲望也失去了。

“4号、5号、6号以及第5小组在我们附近，他们暂时未发现目标。”戈尔很熟练地浏览着便携式通信仪上的信息，他的声音突然高起来，“等等，6号发出紧急求援信号，他们遭到攻击。好像有什么东西……”

“我们快赶过去。”蓝月说着话已经冲了出去。我抽出激光枪紧随其后。

……

眼前一片狼藉，3名队员倒在血泊中。我不用细看便知道他们都已不治，因为那实际上是三具血糊糊的彼此粘连的残躯。遍地是血，肌肉以及内脏组织的碎末飞溅得四处都是，骨骼在断裂的地方白森森地支棱着。我下意识地看了眼蓝月，她正掉头看着相反的方向，我看出她是强忍着没有当场吐出来。周围立时就安静下来了，我从未想过西麦农场安静下来的时候会这样可怕。我清楚地听到了自己的心跳声，空气中弥漫着强烈的死亡气息。尽管我不愿相信，但眼前的情形明白无误地告诉我，他们是被——吃掉的。我检查了一下，有一位队员的激光枪曾经使用过，但现场没什么东西有被激光灼烧过的痕迹。

戈尔的嘴唇微微发抖，他满脸惊惧地望着四周，手里的枪把捏得紧紧的，与几分钟前已判若两人——其实我又何尝不是这样。事情发生得太过突然，从我们接到报警至赶到现场绝不超过十分钟，但居然有种东西能在如此短的时间里袭击并吞吃掉三名全副武装的特警战士，世界上难道真有所谓的鬼魅？

差不多在一刹那间，我们3个人已经背靠背地紧紧挨在了一起，周围的风吹草动也突然变得让人心惊肉跳。我这时才发现周围的景物是那样陌生而怪异，那些树！天哪，那都是些什么大树啊？几乎在同一时刻，蓝月和戈尔也都转过头来，我们三人面面相觑。良久之后，还是蓝月打破了沉默，她有些艰难地笑了笑，“这里果然是个农场。”

蓝月说的是对的，这儿的确是个农场，而我们正好就在农场的某块田地里。那些先前我们以为是树的植物竟然都是——玉米。

二

戈尔在前面探路，他故意发出很大的声音，我想这是他原先就设计好的，因为这是猎人驱赶野兽时常用的一招。只是我不知道现在这招是否仍然管用，3名特警的死状让我甚至怀疑自己到底是猎人还是猎物。我们这一批特警的任务是到七千米外的管理中心检修设备，那里是西麦农场的中枢所在。本来每隔几分钟西麦农场就会向外界输出一批产品，但一天前这个惯例突然中断了。也许我们心中所有的谜团都要在那里才能找到答案。行动之前，我们给其他四个小组发出了通知，但一直没有收到任何回音。当然，我们谁也不愿去深想这一点意味着什么。

蓝月一路上都显得心事重重的，她的嘴一直紧紧抿着，似乎还没从刚才那可怖的一幕中挣脱出来。她这副模样让我的心中不由得生出一些软软的东西，我走上前从她肩上取下补给袋放到自己的背包里。她看我一眼，似乎想推辞，但我坚持了自己的意思。蓝月看了看前面咋咋呼呼一路吆喝的戈尔，脸上的心事显得更重了。

“别太紧张了，”我用满不在乎的口气说，“刚才我给基地发了信号，援助人员就快到了。”

“援助？”蓝月突然用一种很奇怪的声音重复我的话道，“你真认为会有援助人员？”

我意外地看着她，“当然会有。出发时西麦博士不是说过，遇到危险时我们可以发求援信号吗，你忘了？”

蓝月深深地看了我一眼，她没有搭腔，而是低下头去，似乎在思考什么问题。过了一会儿，她抬起头来，仿佛下了很大决心般地说：“不会有什么援助部队的，那是根本不可能的事情。”

我大吃一惊，“你的话我不太明白。包括我们在内，这次只派出了五个小分队，大部分特警都在基地待命，怎么会派不出援兵？”

蓝月没有回答，她拿出张纸条递给我，“这是临出发前父亲偷偷给我的，你看看吧。”

我接过纸条，上面的字迹很潦草，看得出是匆匆而就：

西麦农场里很可能发生了超出人类想象的可怕事件，万望小心从事。如遇危险速逃，绝对不可抵抗。切记，切记。

“这是什么意思？”我问道，“科学家的话好难懂。”

“说实话我也不太明白。”蓝月若有所思地说，“也许是有什么难言之隐，再加上当时的时间实在太紧，他才会写下这么几句莫名其妙的话。不过有一点我可以肯定，基地是不会派遣援兵的。”

“为什么？”

“虽然我所知不多，但我能确定基地不可能收到我们的求救信号，无线电波无法在基地和西麦农场之间穿越。”蓝月很肯定地说。

我如坠迷雾，“可我们就在基地附近呀，要是没记错的话，我觉得基地和西麦农场中间好像只隔了一堵墙而已。”

“可你知道这堵墙之间隔着什么东西吗？这些奇怪的玉米树，还有那种在10分钟里吃掉3个人的……”蓝月语气一顿，看来她也不知该用什么词汇来描述那个东西，“你不觉得这一切太不正常了吗？”

“你是说……”

“是的，我要说的就是，这根本不是常理中的地方，”蓝月的语气越来越怪，“或者说，这根本不是我们的那个世界。”

“可这会是哪儿？”我差点要大叫起来，蓝月的话语中暗示的东西让我感到一种莫名的恐惧，“我们到底在什么地方？”

戈尔突然在前面喊道：“你们快跟上来，我们到达中心了！”

三

周遭安静得过分，中心的大门敞开着，安全系统显然早已失去了作用。我们径直由大门进入，里面也是死一般的寂静。我以前从来不曾见过如此宏大的建筑，感觉上，天花板的高度超过30米，简直就像室内大平原。很多硕大无朋的机械四处堆放着，如同一块块蛰伏的岩石，一时间看不出它们的用途。

“大家小心！”蓝月突然喊道，她手里的激光枪立即发射了。差不多在同一时刻，我也发现了危险所在，在我倒地的瞬间，我手里的武器也开火了。一时间烟尘飞扬，一股焦臭的味道弥漫开来。

激战的时候时间过得很慢，等到我们重又站立时，才发现我们以为的敌人其实是一种足有两米高的造型像怪兽的机械。它长有六只脚和两只手，口的部位安有锯齿般的高压放电器。刚才我们击中了它的头部，一些散乱的集成电路块暴露了出来，显然，它是个机器人。

“快来看！”是戈尔在惊呼，我和蓝月奔上前去，然后我们立刻明白他为何惊呼了。在那个怪兽的脚爪和口齿间残留着许多破碎的动物骨骼，配合它那副狰狞可怖的模样，真让人胆战心惊。我倒吸一口气，转头看着蓝月。她一语不发地环顾四周，脸上写满疑虑。

“是它干的？”我喃喃地说。有关机器人失去控制进而酿成大祸的事情近年来时有发生，西麦农场的变故也许就是因为这个。

“准是这种东西干的。”戈尔恨恨地说，他似乎不解气，又用激光枪打掉了怪兽的一只爪子，“干吗要造出这种武器来？”

“我还是觉得不对劲。”蓝月说，“你们注意到没有，这个家伙的标牌上写着‘采集者294型’，从名字看它不像是武器，倒像是一种农用机械。它会不会是用来捕捉牲畜的？而且你们看，别的那些巨大的机械像不像收割机——正好用来收割玉米树？”

我点头，“这样讲比较合理。可是这些东西好像都失灵了。”

“它们自身的元件都完好无损，失灵的原因肯定是中心的计算机中枢被破坏后，它们再也接收不到行动指令了。我们先搜索下周围，看看有没有别的线索。”蓝月沉着地指挥着。

我们3个人一字排开在杂乱无章的机械群中搜寻，如同穿行在丛林中。由于电力供应中断，大厅的绝大多数地方都是漆黑一团，我们的工作推进得很慢。除了偶尔传来的金属碰撞声外，这里静得就像一座坟场，我能很清楚地听见每个人的喘息声。虽然一路上的机器还是那些样子，但不知为何，我的心中却渐渐生出一种异样的感觉。有几次我都忍不住停下脚步想找出这种感觉的来处，但我什么也没能发现。

差不多过了15分钟，我们才到达管理中心的计算机机房，里面所有的设备都死气沉沉的。我打开背包，取出高能电池接驳到机房的电源板上，一阵乱糟糟的闪光之后机器启动了。

蓝月娴熟地操控着，她的眉头紧蹙。我的电脑水平比戈尔高一小截，但比蓝月低一大截，于是，我很自觉地和戈尔一起担任警卫工作。

“怎么会这样？”蓝月抬起头喃喃低语，“整个系统是因为能源供应受到破坏而中断运行的。系统最后一次工作的时间是……917402年的7月4日。”

“等等，你是说哪一年？”我大吃一惊地问。

蓝月急促地看我一眼说：“我弄错了，对不起。”

我狐疑地看着重又低头操作的蓝月，她刚才的这句话分明是在掩饰，她肯定对我隐瞒了什么。可917402年又是什么意思，这个时间难道会有什么意义吗？如果有意义又意味着什么呢？我越发觉得这次的任务不那么简单，而是透着股邪气。看来蓝月似乎知道某些秘密，她本该对我讲出来的，但她显然顾虑着什么。

戈尔在一旁焦急地来回走动，并不时催促着蓝月。他看来已经没有了当初的雄心。不过，我这时反而没有了一点看轻他的念头，我知道像他这样经过残酷战争洗礼的人都不是胆小鬼，他们并不害怕危险，但我们现在面对的却仿佛是某种超自然的东西，而这正是像戈尔这样的人最害怕的。

“你们能快点吗？”戈尔大声说道，“这里我是一分钟都不想待下去了。”

蓝月从沉思中惊醒过来，她对戈尔说：“我正在拷贝系统瘫痪前的数据记录，以便带回基地做技术分析。现在我跟何夕要到机房背后的区域察看一下，等拷贝完成后，你带上磁盘与我们会合。”

机房背后和中心别的地方一样，也堆满了收割机之类的机械。不知怎的，先前那种奇怪的感觉又来了。我不由得放慢了脚步。

蓝月幽幽地看我一眼，“你也感觉到了？”

我一愣，“感觉？什么感觉？”

蓝月指着那种似乎叫什么“采集者”的机械说：“你看它跟我们最初见到的那一台有什么不一样？”

我立刻就明白是什么东西让我一直感到不安了。眼前的这台“采集者”在外形上和最初的那台没有什么不同的地方，但在体积上却大得多了，足有 6 米多高。我这才回想一路走来见到的“采集者”的确是越来越高大，那种让我感到异样的感觉正是因为这一点。我走近这台庞然大物，它的标牌上写着“采集者 4107 型”，从型号序列上看，它是比 294 型更新型的产品。我有些不解地望着蓝月，她对此却是一副仿佛有所预料的样子。我想开口问她这是怎么回事，但她那副拒人于千里之外的神情让我打消了这个念头。

蓝月突然停下来，她像是被什么东西击中一般僵立不动了。

“怎么了？你……”我开口问道，但我立刻就知道是怎么回事了，因为我也看见了那个耸入云天的东西——“采集者 27999 型”。如果说世界上真有什么东西能称得上巨无霸的话，我看就是它了。相形之下，“采集者 4107 型”只能算是小不点儿了。尽管我一再提醒自己这个足有 20 米高的大家伙其实根本动不了，但我仍然不由自主地战抖。按蓝月的分析，它应该是一种捕捉牲畜的机械，可那会是种什么样的牲畜啊！一时间，我的背上冷汗涔涔。

这时，我们听到了戈尔的呼喊声，他已经拷贝完了数据。蓝月拉了一下仍在发呆的我说：“走吧，我们先返回基地再说。”

四

返程的路在我的感觉中比实际上要长得多，我想，在蓝月和戈尔的心中一定也有这样的体会。有几次我们都听到一些奇怪的响声从周围的农作物丛林中传来，以至于我们三人都曾开枪射击——当然，除了在玉米树的茎干上穿出几个洞来之外没有任何收获——开始，我们还保持着合适的速度，到后来，尽管我不愿承认，但我们已的确是在狂奔。就在我感觉自己快要崩溃的时候，我们终于远远地看到了密码门。

“别忙。”蓝月阻住就要进入出口的我和戈尔，“我们应该再和另外四个组联系一下，一旦我们出去就和他们再也联系不上了。大家是队友，说不定他们需要帮助。”

戈尔呼哧呼哧地喘着气，他看上去累坏了，“那可不成，这个鬼地方我一秒钟也不想待了。我只想早点出去。”

蓝月咬住下唇，用漆黑的眸子看着我。我有些慌张地低下了头。说实话，戈尔的话正是我的意思，也许我比他还急着出去。

戈尔大声对蓝月说：“这是关系我们3个人的事情。现在我们两个打平，就看何夕的那一票。”

我沉默了几秒钟，感觉快要虚脱了。但我终于还是说：“就等一会儿吧。”

蓝月感激地看了我一眼，没有说什么。她发出了联络信号，并把重复发送时间间隔定为40秒，“我们等30分钟，看看有没有回应。”

我在蓝月的旁边坐下，默默地看着她。过了一会儿，她不自在地回过头来问道：“你干吗这样看我？”

“为什么不把你知道的事情告诉我们？这不公平。”我尽量使自己语气平静。

蓝月的脸上微微一红，“你在说什么？我不明白。”

她的态度激怒了我，我有些失控地大声吼道：“你一开始就瞒了我们很多事。你完全知道这是个什么地方，你也知道这里发生了什么事，你为什么不对我们讲明呢？难道我们出生入死却无权知道一点点真相吗？”

戈尔走过来，他无疑站在我这一边。我们两个人直勾勾地瞪着蓝月。

蓝月怔怔地盯着远方，似乎对我的话充耳不闻。良久之后，她才轻轻地叹出一口气说：“我并不是存心欺骗你们，从西麦农场开始运转以来从没有人进来过。我也是到了这里之后才终于明白了许多事情的；而在此之前，我并不像你们认为的那样知道所有事情的前因后果。既然你们那么想知道真相，那我就把我知道的全说出来吧。反正一旦回到基地，你们马上就会想清楚是怎么回事的。这件事情的源头要从32年前说起。当时，我父亲取得了他毕生最大的研究成果。就在那一年，他发现了‘时间尺度守恒原理’。这个名字听起来复杂，其实意思很简单。根据这个原理，只要不违背守恒性原则，人们可以改变某个指定区间内的时间快慢程度。举例来说，人们可以使包含一定数量物质的某个区间的时间进度变为原先的两倍，与此同时，减慢包含同样数量物质的另一个区间的时间进度为原先的1/2。”

我倒吸一口凉气，“你是说西麦农场正是一块被改变了的时区？”

“准确地说是一块被加快了的时区。”蓝月纠正道，“我们从进入西麦农场算起已经过了5个小时，可等到返回基地时，我们会发现时间停留在了五个小时之前。送别的人群还在那里，在他们看来，我们只是刚走进传送门就立刻出来了。这5个小时只是对我们才有意义。就算我们在西麦农场过上几十年甚至老死在这里，对他们来说也不过才过去了十多个小时。还记得在机房里我念到的那个‘917402年’的时间吗？对人类来说，西麦农场是在二十几年前修建的，但在西麦农场里却已经春种秋收过去了九十多万年，也就是说，西麦农场的时间进度是正常世界的四万多倍。西麦农场里的一年差不多只相当于正常时区里的十来分钟，所以，在我们的世界里会感到西麦农场总是按这个时间周期循环输出产品。你们无法体会当我见到这个时间时的那种惊心动魄的感觉。正是西麦农场90多万年的生产，才供给了地球上300亿人这20年来富足的生活。”蓝月说着话转头看着戈尔，“你好像说过，你有九个孩子。”

戈尔一愣，“是啊，我带有他们的照片，你想不想看？”

“等等，”我打断了戈尔的话，“有一点我不太明白，既然是你父亲发现了这个原理，那为什么却是由西麦博士创建的农场？”

“这件事正是我父亲心中的一个结。当年他刚一发现这个原理，便立刻意识到了它在解决食物能源等问题上的应用前景，但几乎就在同时，他意识到了另外一个问题，一个称得上可怕的问题。想想看，我们人类其实也是从低等生物逐步进化而来的，如果我们把那些暂时比人类低等的生物放进一个比我们快了许多倍的时区……”蓝月不再往下说，或许她也知道根本不用再说了，因为我们已经见到了后果。

“所以，我父亲忍痛放弃了他毕生为之奋斗的成果，对整个世界秘而不宣。但他没想到的是，他最得意的学生和助手却背叛了他。”

“你是说西麦博士？”

“就是西麦。”蓝月苦笑道，“他创建了与外界隔绝的西麦农场，用高度聚集的太阳光束作为农场的能源。老实说，西麦也是少有的天才。从‘时间尺度守恒原理’到西麦农场之间其实还有不短的距离，就好比从爱因斯坦的质能方程到核聚变发电站之间还有莫大的距离一样。等到我父亲发现时一切都来不及了，西麦已经成为人类的英雄。我父亲唯一能做的事就是，尽可能地避免他所担心的事情发生。可是这一切还是发生了。”

“为什么没有早一点发现问题？”我有些多余地问道。

“刚开始时，西麦农场的时间只是比正常时间快两倍左右，但是人们很快就不满足了，他们不断提出要过更高水平生活的要求，于是，西麦加快了农场的时间。但人类的欲求越来越高，以至于后来成了以需定产，人们只管对西麦农场下达产出计划，由农场的计算机自行安排时间速度，最终使得一切失去了控制。没有谁愿意到西麦农场里去工作，因为这实际上意味着和亲人的永别，所以，人们将一切都交给计算机来管理。你们也看到那些机械了，它们都是农场的计算机根据需要自行设计的，单凭机械的升级换代速度，你们就能想象农场里的生物进化得有多快了。如果有一种办法能站在正常的时区观察西麦农场，你将会看到怎样一幅图景呢？”

蓝月没有再往下说，她的目光有些迷离了。其实用不着她来描述，因为我想象得出那是怎样一幕可怕的情景：白天黑夜飞快更替，以至于天空像是灰色的；人造太阳在空中飞快地画出道道连续不断的亮线；风雨雷电、云来雾去等自然景观走马灯似的频繁出现，永无终结；植物像是慢录快放的电影般疯长和枯黄，看起来就像是动物一样，而那些真正的动物则如同跳蚤一样地来来去去，所有的生物都在以比人类快成千上万倍的速度生长、繁殖、遗传、变异；死亡以不可想象的速度追逐着生命，同时又被新的生命追逐，造物主在这片加速了的实验室里孜孜不倦地验证着生命最大限度的可能性……

良久都没有人说话，我只感到阵阵头晕。蓝月描绘的图景让我不寒而栗。戈尔的情况也不比我好多少，他无力地瘫坐在地，身体仿佛虚脱了一样。

蓝月看了下时间说：“30分钟已经到了，我们回基地吧。不过，我们今天的谈话内容一定要保密。”

就在蓝月低头去取通信仪的时候，戈尔突然跳了起来，他的目光“钉”在了我身后。与此同时，我也看到自己脚下出现了一片巨大的阴影。我马上就明白发生什么事了。几乎是在本能的驱使下，我立刻把蓝月扑倒在地并一同向旁边滚去，手中也已多出了一把激光枪。但戈尔先开火了，我听到了一声令人肝胆俱裂的号叫，就像是千万头野兽一起发出的声音。等我回过头去时，却只看到一片犹自摇摆不定并被践踏得狼藉不堪的玉米林，而我和蓝月刚才所在的地方留下了几道深达一尺的爪痕。

戈尔的眼睛瞪得很大，仿佛要从眼眶里掉落出来，他的腰部以下都不见了，地上血迹斑斑。我默默地走过去把耳朵贴近他仍在嚅动的嘴唇，想听清他在说些什么。许久之后，我抬起头用手合上了戈尔那双不肯闭上的眼睛。

“他说什么？”蓝月脸色苍白地问我，“他看到了什么？”

“他一直在重复着两个字，”我低低地说，“妖兽。”

五

我有两天没有见到蓝月了，作为此次行动仅有的两名生还者，我们一回到基地就被分开了，然后便是无休止的情况汇报。我的脑袋被接上了各式各样的仪器设备以帮助我回忆那段经历，由此整理出的一切材料直接报送西麦博士本人审阅。我当然不会违背我和蓝月的约定，谁也不能从我嘴里套出我们之间的那段谈话。这两天，蓝月的样子总在我眼前晃来晃去，她的眉宇和长发，她的声音，还有她若有所思的神情。尽管我不愿承认，但我内心有一个快乐的细小声音在执着地追问，你是不是喜欢上她了？有时候，这句话甚至通过我的口突然冒出来吓自己一跳。

今天看起来比较清静，都过 10 点了还没有什么人来烦我。我当然不会让时间白白流逝，和往常一样，我无论如何都要干些有意义的事情，也就是说接着想蓝月。想她现在在干吗，吃了没有呀，吃的什么呀，还想象她如果穿上普通女孩的衣服会是什么样。如果没人打搅的话，我可以这么神乎乎地想上一整天，我到现在才发现男人婆婆妈妈起来也是蛮了得的。不过今天我刚神游了几分钟就被拉回了现实，蓝月一身戎装地出现在了我的面前。我得出的唯一结论就是，她不是按正规渠道进来的，因为随后我便看到负责看管我的几个人全都很无奈地躺在外面房间的地板上。

“等等，”我用力挣脱拉着我一路狂奔的蓝月，“我不能就这样不明不白地跟着你逃走。”

蓝月停下脚步，她的脸因为奔跑而泛起了红晕，“你太天真了。西麦是因为西麦农场而成为人类英雄的，难道他会让你揭露其中的隐情？你还不知道，为了巩固自己的地位，西麦正在筹划再建一个农场。”

“那原先那个农场怎么办？尽管有密码门暂时把农场和我们的世界隔开，但如果那种……东西……再进化下去，密码门迟早会被突破的。现在西麦博士去创建的新农场，几十年后岂不又和今天的西麦农场一样？”

蓝月含有深意地笑了笑，“如果西麦还是一位科学家的话，他肯定也会这么想，可他现在已经是一位政治家了。西麦农场是他全部的资本，他如果放弃，马上就会一文不名。”

“那他至少应该先把西麦农场的时间恢复正常，否则这样下去的结果太可怕了。”

“如果能够做到这一点，我父亲当年就不用保守秘密了。”蓝月冷冷地说，“我们还是快走吧，车就在前面。我父亲在一个安全的地方等我们。”

蓝江水教授比我上回见到时仿佛又瘦了些，一见面他就握住了我的手，“听蓝月说你救过她一命，真谢谢你。”

蓝月飞快地看了我一眼，脸上微微一红，“谁说的？当时我自己已经发现危险了，他只是看起来像是救我一命而已。”

蓝江水正色道：“受人之恩不可忘，还不过来谢谢人家。”

我自然连声推辞，同时把话题转到我向蓝月提的那个问题上去。

蓝江水一怔，他没有立即回答我，而是点起了一支烟，我注意到他的手有些发抖，“我年轻的时候和现在相比，对许多问题的看法都很不一样，简单点说，我那时在对待科学的态度上是非常乐观的，我相信科学最终能解决人类面临的所有问题。同时我还认为，就算科学的发展带来了一些负面影响，也只不过是暂时的，而且随着科学的进一步发展，这些负面问题都会由科学自身来圆满解决。可是在几十年后的今天，我却再也无法这么乐观了。”

“为什么？”

“到现在我仍然认为，所谓科学研究，其实就是不断揭示自然的谜底。我常常在想，造物主为何要把它的谜底深深地埋藏起来？核聚变为何必须要在几百万度的高温下才能发生？微观粒子为何必须要在几千万亿电子伏特的能量撞击下才向人类展现其内部结构？反物质又为何要在极其苛刻的条件下才能产生？不过我现在已经想清楚了，或者说我认为自己已经想清楚了这个问题。你可以设想一下，如果上述这些反应能在很‘常规’的条件下发生，那么在石器时代或是青铜时代的人类，甚至远古的一只玩火的猿猴都可能已经把这个世界毁灭了。即便是现在，又有谁敢保证人类有绝对的把握可以万无一失地操控一切呢？”

我有点明白他的意思了，但还是问道："那个'时间尺度守恒原理'也是这样的谜底之一？"

"好久没听到这个名词了，是蓝月对你讲的吧？世界上知道这一原理的人不超过10个，而真正掌握其核心内容的就只有我和西麦。西麦农场里发生的事情是无法逆转的，它的时间可以继续被加快，但却再也无法被减慢，而与之对应的那块时区的情形则正好相反。"蓝江水的脸不自觉地抽搐了一下，他猛吸一口烟，在氤氲的烟雾中，他的脸变得模糊不清，"对一个从事科学研究的人来说，如果一生都没有成果是一件很痛苦的事，但最痛苦的事情却不止于此。就好像一个农艺师辛苦一生才培养出新的作物品种，然而却发现它的果实虽然芬芳可口，但却包含剧毒。我当时就是那种心情。后来的事你都知道了。直到今天，我有时仍然忍不住问自己在这个问题上到底后不后悔，让我感到欣慰的是，在多数情况下我都发自内心地回答：不。"

"那我们现在应该怎么办？"

蓝江水灭掉烟头说："我要去和西麦谈一谈。"

蓝月叫起来："不行，西麦是不会回心转意的，他已经不是科学家了，他是搞政治的人！"

蓝江水笑了笑，脸上的皱纹使他看上去比实际年龄要老得多，"要是我说在这个世界上我其实是最理解西麦的人，你们一定不会相信。"

"我当然不相信。"我大声说道，"你和他一点也不一样。"

"可事实上我的确理解他。"蓝江水幽幽地说，"因为我知道自己只是差一点点就成了西麦。放心吧，我不会有事的。这件事已经拖了20多年，是必须解决的时候了。"

"那我们该做些什么？"我追问道。

“你们唯一能做也必须去做的一件事就是——回西麦农场。”蓝江水无比肯定地说。

六

我做梦也想不到在两天后，自己居然有胆回到西麦农场。说实话，我不能算是有英雄气概的人，但正如蓝江水教授所言，除此之外我们别无选择。

来之前，蓝江水对我和蓝月说：“西麦农场里的某种生物显然已经进化到了惊人的地步，根据上次从‘采集者’上提取的部分组织标本做的分析来看，这种生物的智慧水平已和人类不相上下，更不用说它还有着那样强大的自然力量。如果现在不把问题解决掉的话，那么过不了多久，恐怕人类的末日就会来临。”

现在我们又置身于西麦农场了。正常时区里的两天在西麦农场差不多相当于两百年。看着四周那片我们曾在两百年前出没过的丛林地带，我的胸间涌起一种无法言说的感觉。沧海桑田这个词在这里找到了最好的注解。由于缺乏管理，当年的农作物大部分都已消失，把土地让位给了生命力更为强大的高达数米的野草，物竞天择的原理在这片土地上充分显示了自己的力量。

我们这次的目的很简单。蓝月对上次拷贝的系统进行了分析，证实了西麦农场计算机系统的能源供给部分曾经遭到了某种生物的恶意破坏，很可能就是那种妖兽。仅凭这一点，就足以证明它们已经具有了多么发达的智慧。我们这次计划修复系统，以便利用西麦农场里的这些超级机械来对付那些我们至今都不知道长成什么样的可怕东西。由于经历过惨痛的教训，这次我和蓝月的装备及防护措施要严密很多。但即便如此，我的心里仍是忐忑不安，不知道蓝月的感觉会不会比我好点。

到中心的这段路上虽然有过几场虚惊，但总算没出什么事，我们见到不少已经变得有点不一样了的牛羊之类的牲畜，经过两百多年的放任生长之后，它们显然应该算是野兽了。这些家伙不时急匆匆地在我们附近掠过，一副警惕性很高的样子。在任何一个生态系统里，位于食物链顶端的只会有一种生物，看来它们也不过是妖兽的美食而已。

现在蓝月已经坐在中心电脑前开始修复系统。一切都还比较顺利，太阳能电站首先开始工作，中心的照明紧接着也恢复了。从外面不断传来机器启动的声音，大屏幕红外遥感监视器上显出了西麦农场的全图，上面一个个移动的黄色亮点表示机器都动起来了。蓝月得意地冲我一笑，竟然美得让人眩晕。

这时突然传来一阵嚎叫——正是那种让我一想起来就发抖的声音，蓝月的脸色也陡然一变。从声音判断，妖兽离我们不会超过一百米。

“快，下达采集命令！”我大声喊道。

“我正在寻找命令菜单项。正在找……”蓝月急速地操作着。

大地开始剧烈地震动，让人几乎站立不稳。在这样的情况下，电脑很容易损坏，如果在此之前不把采集命令发出去的话就来不及了。我大声催促着蓝月，由于过度紧张，我的声音已有些变调。

“我正在找。”蓝月艰难地回应，她的语气像是在哭，“……

找到了，我……”

一阵巨大的震动袭来，我和蓝月双双被掀翻在地。与此同时，机房的顶盖被揭掉了，然后我们就看见了那种足有十五米高的东西，我想那就是妖兽了。我看不出它是由哪种生物进化而来的，只看出它拥有四肢，后肢用于行走。后足有 6 米多长，肌肉发达粗壮，前肢显得很灵活，五指上长着黑色的利爪。它的脖子长度超过一米，上面支撑着一颗硕大无朋的头颅，龇开的嘴缝里露出尖利的牙齿，看得出来这是它强大的武器。黏糊糊的涎水从它口中滴落下来，散发出腐臭难闻的气味。这时候我看到了它的眼睛；在我看到它巨大的头颅时，我仍不敢相信它是一种高级智慧生物，但当我看到它的眼睛时我相信了这一点。我和它对视着，我看到了它眼睛里有着藐视的意味，是那种洞悉对手全部心思的居高临下的眼光。这是智慧生物才有的眼光。巨大的震撼之下，我无法准确描述自己此时的感受。我想我第一个也是唯一的感觉就是它太强大了，在它面前我们简直弱小得可笑，就像是两只蚂蚁。我甚至没有一丝拔枪的念头，因为我知道那根本不会有什么用处。

蓝月突然转身抱住了我，将她的脸与我的紧贴在一起，我感到她的脸上满是泪水。她的这个表明心迹的举动让我感动不已，巨大的幸福充斥了我的胸膛。一时间，我几乎忘记了死神就在眼前，或者说我的眼中已经看不到死神了。不过，我仍旧无法抑止地流出了眼泪，并不是因为我就要死去，而是因为我的族类将要面临的灾难。我从来都不认为自己是一个高尚的人，但我相信任何一个人处于我现在的境地都会流出这样的泪水。相形于整个物种，个体的命运其实是微不足道的。这时候，妖兽缓缓举起了右前肢，然后以无法用语言形容的速度向我们劈了下来。风声凄厉。

但奇迹出现了，一台“采集者 27999 型”冲了过来，看来蓝月在最后的时刻点中了命令。它显然不是妖兽的对手，只两三个回合就变成了一堆废铁。不过，这点时间足以让我和蓝月脱离险境了。我们一路飞奔，四周传来阵阵令人毛骨悚然的嚎叫。

西麦农场变成了战场和屠场，这是无生命的“采集者”和有生命的妖兽之间的战争。机器的爆炸声和妖兽的嚎叫声交织在一起，火光与血光纠缠在一起。妖兽张开巨口撕扯着“采集者”的合金身躯，如同撕扯着一张薄纸。除了“采集者 27999 型”外，它显然没有任何对手。

“采集者 27999 型”的轰鸣声震耳欲聋，而当它的锯齿间突然拉出一道蓝白色的弧光时，天空中就会响起让大地也战栗不已的霹雳，与此同时传来的血肉烧焦的气味令人恨不得把胆汁也吐个干净。相形之下，采集者比妖兽要残酷得多，因为它是一种收获并加工肉类食品的联合机器。每当一头妖兽被击倒后，采集者就会启动整套加工程序，将妖兽的尸体开膛破肚剔骨剜肉，那种血肉横飞的场面让人一见之下如同置身阿鼻地狱。

我和蓝月一路奔跑着朝密码门的方向逃去，随身带的与中心无线联网的便携式电脑不断显示着这场战争的进程。代表采集者的黄色亮点和代表妖兽的红色亮点都在急速地减少。我焦急地关注着力量的对比变化。有几次采集者明显占据了优势，但很快又被压倒。我在心里为采集者加油。我不敢想象如果采集者输掉了这场战争会是什么样的结果，我也不敢想象那些嗜血的妖兽会怎样对待我们的世界。红色的亮点逐渐占据了优势，黄色的亮点一个个地熄灭，我的心向着深渊沉落。最后，有六个红色的亮点留了下来，那是六头妖兽。

我下意识地回头看着蓝月，她的眸子一片死灰。我有些歇斯底里地说:“它们都是雄性,要不就都是雌性。一定是这样的,一定是的。上帝会保佑人类的。”我无法自制地重复着这几句话，就像在念一种维系着唯一希望的咒语。

蓝月苦笑，“妖兽也有它们自己的上帝。六头妖兽全为同一性别的概率实在太小，但愿我们能活着逃出去报信，除了原子武器，恐怕没有什么能消灭它们了。”

我绝望地摇头，“人类准备好核进攻要相当长一段时间，要知道，正常世界的一天在西麦农场就是一百年，到时候妖兽的数量还不知道会有多么庞大。而且对西麦农场这么广大的地方使用核武器，就算能消灭妖兽，接下来持续数年的核冬天也会让人类付出无比惨重的代价。”

蓝月沉默半晌，“那我还是和你一起祈求上帝吧，这是我们唯一能做的事。”她做了个祈祷的姿势。这时她好像突然想起什么，指着屏幕说：“这六个红点一直待在原地不动，会不会是受了伤？”

我观察了一下，然后抽出激光枪说：“走吧，不管怎样先去看看再说。”

当我们穿过荒园来到南部的一片开阔地带时，眼前的景象不禁让我们大吃一惊。很明显，我们已经置身于某个初具雏形的城市中。整齐的洞穴，完备的供水系统，储备了大量食物的仓库，以及用于聚会的广场。看来，妖兽们已经具备了自己的社会系统，它们和人类社会已经没有质的差别而只有量的差距了。

在城市角落的一个洞穴里，我们发现了要找的东西。直到现在我才明白，为什么在红外显影图像里它们会待在原地不动，因为它们是六头幼兽。一头身躯庞大的妖兽倒毙在不远处，嘴里犹自撕扯着一台“采集者 27999”型的躯壳，看得出它是为了保护这几头幼兽而流尽了最后一滴血。六头幼兽显然不明白发生了什么事情，它们也许只是感到很久没有得到父母的哺喂了，一个个都焦急地在洞穴里嘶叫着。看到我和蓝月，它们并不害怕，相反还很卖力地围拢来，把头往我们身上蹭，讨好而焦急地发出索取食物的声音。

“四雌两雄。”蓝月简单地说道，然后她回过头来看着我，一语不发。

我知道蓝月的意思，实际上，我也正陷于一种不得不做出决断的矛盾中。说实话，我现在很难把眼前这六只嗷嗷待哺的幼崽与那些嗜血的妖兽联系起来，尤其当它们把毛茸茸的头蹭上我的脚踝时。这种感觉很奇特，即使是狮虎等猛兽的幼崽也是惹人爱怜的。但我的内心有一个清晰的声音在大声说，它们是妖兽！它们是人类的死敌！它们必须死！尽管它们的产生完全是由人类一手造成的。

“让我来吧，如果你不想看的话就去看看风景。”我轻声对蓝月说，然后我抽出枪依次对准每头幼兽的额头扣下了扳机。它们到死都以为我是同它们逗着玩儿。

枪声悦耳。

一切终于都结束了。现在我站在山坡上有些后怕地环视着四周，仍不敢相信我们居然完成了这个几乎不可能完成的任务。空气中的血腥味正在消散，黄昏的原野上拂过阵阵清风，人造太阳正朝着地平线上连绵的草浪滑落，那些无害的小兽出没其间。我仿佛第一次意识到西麦农场也具有同普通农场一样的田园风光。想到我和蓝月即将离开这里永不再来，我心中居然有些不舍。我转头望着蓝月，她也同我一样眺望着四周，目光中若有所思。

“你在想什么？”我低声问道，“是你父亲的事？”

蓝月没有回答我，她转过身去，“走吧，回我们的世界去，感谢上帝，我们再也不用来这个地方了。”

不久以后，我便发现蓝月和我都错了，西麦农场其实是一个幽灵，从一开始它就用无比强大的力量给我们织了一张密密的网，我们生生世世都注定无法逃脱了。

七

我们在西麦农场的这十多个小时的历险只不过是正常世界里的一秒钟，这样的反差总让人感觉是在做梦。当然，如果梦中总是有蓝月的话，我倒是无所谓要不要醒来。想到这一点，我不禁朝蓝月咧嘴一笑，却发现她的眼光里也闪现着同样的意思——这就是所谓的心有灵犀吧，我喜欢这样的感觉。

“我们去哪儿？”我问蓝月，这段时间以来我已经习惯了由她拿主意。

“去找西麦。”蓝月似乎早有安排，她的语气中有隐隐的担心，“不知道我父亲和他谈得怎么样了。”

西麦在基地里的官邸守备森严，即使我和蓝月这样优秀的特警也费了不小的劲儿才潜进去。幸好只要过了门口的几关，里边就没有什么障碍了——谁愿意像在牢笼里一样地生活呢？

“快过来。”是蓝月的声音。我飞奔过去，在会客室的角落里，我看到了倒在血泊中的蓝江水和西麦。蓝江水的手中拿着一支老式的枪，显然他是在射杀了西麦之后自杀的。

在蓝月连声的呼唤中，蓝江水的眼睛缓缓睁开，他嗫嚅着问道：“他死了吗？”

我过去察看了一下西麦的情况，他的瞳孔已经散大，使得平日里充满睿智的眼睛看上去有些吓人。然后，我退回来对蓝江水说：“他死了。”

一丝很复杂的表情在蓝江水脸上浮现出来，他足足沉默了有一分多钟。但他最后还是露出高兴的神色说道：“这就好，这个世界上掌握‘时间尺度守恒原理’的两个人终于都要死了。我本来只是想劝他放弃重建西麦农场的念头，可是他不同意，我没有办法只好这样做。我了解西麦，他并不是一个坏人，在这件事情上，他并没有多少错。要说有错，也只是因为他顺从了人类的需求。实际上，在我所有的学生里，他是让我最得意的一个。西麦只小我五岁，更多的时候我都只当他是我的助手而不是学生。”蓝江水说着话，伸出手去拽住西麦已经冰凉的手，有些痛惜地摩挲着，“现在我俩一同死去倒也是不错的归宿，也许在九泉之下我们还能续上师生的缘分，还能……在一起做实验……”

蓝月痛哭出声，“你不会死的，我们想办法救你！”

蓝江水的目光渐渐涣散，“我自少年时便许身科学以求造福人类，没想到我这辈子对人类最后的馈赠竟是亲手毁掉自己的成果。其实我到现在也不知道自己做对了没有，我只能说，我也许避免了更大的浩劫发生。没有了西麦农场，地球上 300 亿人中的大多数都会在几个月里以最悲惨的方式死去，面对他们，我的灵魂看来是永远都得不到安宁了……”

蓝江水的声音越来越低，终至渺不可闻，两滴浑浊的泪水自他苍老的眼角缓缓滑下，最后融入了脚下这片他深爱的曾经掩埋过无数像他一样的籍籍无名者的土地。

死者已矣。

只几天的时间，我便意识到蓝江水临死前所预见的是一幕多么可怕的场景。储备的食物很快告急，这颗星球上自从人类诞生以来最可怕的饥荒开始了。300 亿张嘴大张着，就像是无数个黑洞。政府下令大规模地退耕还田，但这对大多数人来说肯定是来不及了。养尊处优的人们在灾难到来时尤其脆弱，大规模的死亡场面就要出现了。过不了多久，这颗星球的每个角落都将堆满人类的尸体，那是一种何等可怖的场面啊！不过，我毫不怀疑我和蓝月能挺过这场灾难，因为我们是训练有素的特警，生存能力远胜于常人。随着人口的减少，粮食的压力将得到逐渐缓解。只要熬过最困难的时期，一切就会好转的。世界一片混乱，我和蓝月在这颗饥饿的星球上四处流浪。

“我快要疯了。”蓝月痛苦地伏在我的肩头，由于营养不良和精神上所承受的巨大压力，她瘦了许多，“这一切真是我父亲造成的吗？”

我安慰地拍着她的背，“这不是他的错。这是人类向自然界索取所付出的代价。这样的索取自古以来就没有停止过，而到了创建西麦农场这一步，更是在向自然界的未来索取，人们索取的是大自然根本就给不起的东西。如果没有西麦农场，世界上根本就不会有这么多人。现在死于饥荒和将来死于妖兽是两枚滋味相同的苦果，人类必须咽下其中的一枚。”

说到这儿，我突然愣住了，我朝远方大张着嘴但却说不出话。蓝月用了很大劲儿才让我回过神来，她快被吓哭了。

“你怎么啦？”蓝月有些害怕地抚着我的脸。

我艰难地笑了笑，“我想起一件事。看来才过了十来天，我们又要旧地重游了。”

八

1000 年过去了，西麦农场里一片蛮荒景象。“采集者”不锈的身躯依然伟岸地耸立天宇，妖兽的残骸都已荡然无存，而当年埋骨于此的队友们却依稀音容宛在。想到差不多 1200 年前我和蓝月在这片诡异的土地上由相识而相知，以及 1000 年前那场决定人类命运的惨烈绝伦的大战役，我不禁有种恍如隔世的感觉。我甚至怀疑那些都只是一场梦中的场景，但此刻掌中所握的蓝月的纤纤小手又肯定地告诉我，这一切都是真实发生过的事。

是的，我们又回来了，而且这一次我们将不再离去。我和蓝月正在写一封信，再过一会儿，等我们将这封信通过密码门发出去之后，我们将永久性地毁掉这个唯一的出口。在这封信里，我们把关于西麦农场的所有事情都向世人做了说明，而蓝江水和西麦这两位天才之间的是非恩怨，恐怕也只能任由世人去评说了。

……我们并不清楚会有多少人能看到这封信，更不知道会有多少人能理解我们的行为。今天我们回到西麦农场其实是迫不得已的事情，妖兽虽然不存在了，但这只是暂时的。在一个比人类世界的时间快了四万多倍的时区里，任何事情都可能发生。按照严肃的进化观点，现在在西麦农场里的这些无害的动物甚至植物中，最终肯定会产生出比人类高级得多的生物，人类将永远不会是它们的对手。不要试图让我们相信不同智慧生物之间能和睦相处的神话，就算可能也不过是其中高一级生物的施舍罢了，就好比我们人类也为别的生物建造国家公园一样。而最大的可能性却是，西麦农场里的这些生物会在将来的某个时候冲出西麦农场，给人类带来真正的灭顶之灾。如果这一切成为现实，先父蓝江水先生的灵魂将永堕地狱的底层。

所以我们决定回到西麦农场，最起码我们现在还是西麦农场里最高级的生物。我们将活在这个时区里，与这里所有的生物按同样的节拍进化。如果不出现大的意外，我们和我们的子孙将继续——或者说一直——保持进化上的优势（但愿我们的这种乐观估计是正确的）。凭借这种优势，我们就能为人类守护西麦农场这块脱缰的土地。我们多灾多难的家园是那样的美丽，让人留恋万分，想到就要与之永别，我们不禁潸然泪下。

现在我们最想问的一句话就是：这一切到底为何要发生？难道人类对自然的索求真的是永无止境？

也许过不了多久（相对于你们的时间观来说），我们这一族将进化成某种和人类大相径庭的生物，甚至于当有朝一日相逢时，你们根本就认不出我们曾经是人，谁知道造物主会怎样安排呢？但无论如何请相信，我们的心是永远和人类一起跳动的。而且我们要把这颗心一代代传给后人，要让他们和我们一样永远记住自己的根。

马尔文的便利店

基因也疯狂

米泽

马尔文的小便利店，位于一条相貌平凡的街道的“腰眼”处。

在他的小店两侧，并排着一些面积相同的店铺，挣扎在关门停业的悬崖边缘。马尔文的小店左边，是一家2元商品店，各种廉价日用品随意地堆叠在一起，门口的一对劣质音箱一刻不停地在聒噪着：“跳楼挥泪吐血剜心剔骨割肾大甩卖！本店因经营不善，所有商品一律两元一件，一律两元一件！走过路过千万不要错过……”这家店当初一开张就开始播放这段录音，仿佛店老板天生就在做“亏本生意”似的。

便利店的右边，则是一家通信产品店，门前挂着一个白板，上面罗列着一大堆“吉祥号”。但是在这堆手机号中特别出挑的那些号码已经十分遗憾地被画上了一条浓重的黑线，表明它们已经令人惋惜地“名花有主”了。

马尔文的小店夹在这两个招摇的店铺之间，就像被两个高年级大哥哥架着的小“鼻涕虫”一般柔弱而无趣。假如你在路过他的便利店时一时心血来潮，决定进去买瓶饮料或者一份报纸什么的，你多半会怏怏地走出这家货物贫乏的“便利店”，并忿忿地决定再也不会来光顾了。

通常在你如旋风般离开这家便利店的时候，坐在收银台后面的马尔文甚至懒得抬起头来看你一眼，这更加坚定了你再也不会回来的决心。而这也正是马尔文所期望的结果！

这马大老板之所以耗费白天大把的时间坐在柜台后面，是在等待他的那些“真正的顾客”光临，而绝不是在等待像你这样走起路来口袋里几个硬币叮当作响的过路人的！

“真正的顾客”都是那些真正奇怪的人。他们百无聊赖地从晚报时报电视报副刊的豆腐块广告专版上浪费了几个小时，在详细地浏览完“征婚”“招聘”“招租”“转让”等板块之后，终于千辛万苦地看到了“家政”板块。然后，在一大堆“专业疏通下水道”和“挖墙洞清洗油烟机”的广告之间，看到了一则真正能够吸引他们的注意力的广告。拇指大的黑色方框里印着一行字和一个电话号码，那一行字是：“改变自己，改变人生！”

马尔文坚持认为，能看到他刊登的广告的人绝对都有些奇怪，而真正给他打来电话咨询的人，则绝对不正常。越不正常的人，就越是他要找的人！

把自己的联系方式放在报纸上肯定是会有一些不良后果的。马尔文现如今每天都能接到两三通无聊电话和七八条诈骗短信。但是，也有一些“真正的顾客”会直白地问他如何才能“改变自己，改变人生”，而他则会把自己便利店的地址告诉他们，让他们亲自上门来面谈。

这天上午，被马尔文编号为“9F21”的“真正的顾客”一脸警惕地走进了便利店。他带着狐疑扫了马尔文一眼，正想转身离去，却被马尔文那双热情而又坚定的眼睛给吸引住了。

“王先生？”马尔文问。

“9F21”像所有第一次来到便利店的“真正的顾客”一样不置可否地沉默着。

“你好。”马尔文伸出了他的右手，“我就是马尔文博士。幸会。幸会。”

“9F21”一边和马尔文半心半意地握手，一边环视着这家寒酸的便利店。

“请这边来。”马尔文没有松开“9F21”的手，拽着他向里面走去。他在杂志货架的底端摸索了一会儿，挪开一本泛黄的“人体摄影鉴赏”，扳了一下某个开关，整个书架移开了，露出了一道暗门。同时，便利店的自动卷帘门缓缓地落下了。

“9F21”跟着马尔文走进了暗室，被眼前的一切惊呆了。

一台巨大的服务器立在墙角；一个细长的液晶显示屏挂在墙上，上面跳动着各种古怪的彩色几何图形；精致的全金属办公台上摆放着一个双螺旋基因模型，它不停地旋转着，散发着浅绿色的光芒；一张充满了科技感的巨大躺椅紧贴着北墙，各种小灯和机械臂散布在躺椅的两侧；室内的每一块地板砖都是一个发光的屏幕，闪动着不同的色彩。

马尔文颇为学究气地点了一下头，表示他对“9F21”的吃惊早有预料。

“你也知道，王先生。”马老板的声音里充满了一个不被主流社会认可的科学家的悲伤口气，“那些真正管用的好玩意儿，可不是在什么家乐福、沃尔玛能买得到的。”

“9F21”警惕地看着眼前的一切，脸上的表情就像发觉自己被外星人劫持了一样古怪。

马尔文用右手打一个响指，他背后的液晶显示屏上的奇怪图案消失了，取而代之的则是“9F21”的三维头像在不停地旋转。在头像下面，则是“9F21”准确的身高、体重、血型等数据和一堆乱码。

“9F21”盯着液晶屏看了半天，终于说话了，“为……为什么你会有我的身高、体重还有血型这些数据？你调查过我？”

马尔文摇了摇头，神秘地一笑，“在这之前我们根本就没见过面，我怎么会知道你的信息呢？这些都是你走进来之后我的这些仪器测出来的。”

“好了，”马尔文见“9F21”还有话说，便转移话题道，“时间有限，咱们抓紧切入正题吧！先生，您有什么需要改变的地方呢？”

“我还以为是‘心理咨询’之类的玩意呢！”“9F21”将信将疑地说道，“你先给我说说，你能用什么方式来改变我，从而改变我的人生呢？”

“很简单，改变你自身的基因！”马尔文干脆地说道。

“改变……基因？”“9F21”现在的表情，可以说是“难以置信”这句成语的确切含义的上佳表达。

“没错，就是改变基因。通过改变基因来改变你，才能够真正地改变你的一生！”马尔文双眼炯炯有神，“改变了基因，你才彻底地改变了，明白吗？无论你去美容、健身，还是参加成功学讲座，你所获得的改变都是有限的，你之前的生活是什么样，之后还是什么样！可是我能够通过我的方法来改变你的基因，从而真正地把你变成你想成为的人！”

"9F21"没有点头，也没有摇头。过了半晌，他缓缓地问道："既然你的方法这么好，你为什么不采用更加光明正大的经营方式呢？"

"光明正大！"马尔文的唾沫星子肆无忌惮地喷了出来，"告诉你个真理，朋友，只有骗子才会'光明正大'地去经营他的事业！而我们这些实实在在做好事的人，却只能偷偷摸摸地去拼搏，期待着得到越来越多的人的支持！"

"9F21"梗着脖子，不知道该说些什么。

"我是一个科学家，可是却遭到了上司和同行的排挤，被踢出了那个所谓的专家科研小组。我在我们这一行里做出了真正的突破，但是没有人认可我的成就！为什么？因为，他们一旦认可了我的研究，就证明了我比他们强！你要知道，大多数人认为'自己比别人强'可比'别人的成就是真的'要重要多了！"

马尔文从桌子下面提上来一个铁笼子，他打开铁丝网的门，把里面的一个动物掏了出来，放在桌子上。

"9F21"的面部表情对"难以置信"这个成语又有了更深层次的表达。

这只动物是一只猫。或者说曾经是一只猫。一只奇怪的猫。

这只长着狗的耳朵，鸡的大腿和富贵竹一样的绿色竹节尾巴的猫，张开嘴叫了一声。

"9F21"分明听到了一声驴叫。

马尔文又不知道从哪里搬来了一盆花草，放在了"9F21"的面前。

这盆花的叶子上长满了黑色的毛发，拳头大的花朵冲着"9F21"庄重地点了一下头。然后，这朵花把头扭向一边，活脱脱就像一个脱衣舞娘一般摇动着肢体。

马尔文爱惜地看着这只七拼八凑的猫和这盆忧郁自恋的花，轻晃着脑袋感叹自己的鬼斧神工。

“你的这种方法……”“9F21”咽了一口唾沫，“会不会有什么可怕的后果呢？”

“有一个明星，可能你认识他，就是前一阵子最火的情景喜剧的主演之一，那个机智风趣的爸爸，他来我这里之前是个可悲的小剧务。从我这里接受基因改造之后，他的命运彻底改变了。昨天他还给我打来一个电话，希望我能彻底解决他的谢顶和脉管炎问题。”

“还有一个从政的，之前缺乏一点在官场里混的灵气劲儿。他也是带着试试看的想法来我这的，我给他的基因当中融入了一些政治家必需的东西，现在他已经是我国最年轻的政治明星之一了！”

“这个小伙子，”马尔文指着屏幕上出现的一个年轻人，“以前的穷光蛋，现在的钻石王老五！再看这个性感的女人，芳龄七十三！还有这个孩子，今年的世界奥林匹克数学竞赛第一名，来我这之前被很多人认为是一个智障儿……”

“最后，告诉你一个秘密……”马尔文眨了眨眼，曼妙地转了一圈，“我以前是一个地地道道的女人！”

“马博士，你能大概说一下你如何改造我的基因吗？我从没听说过类似的玩意儿……”“9F21”小心地说。

“这很简单。”马尔文镇定地说道，“基因的嫁接与融合，本身就是一个非常简单的过程。你是你父母的基因融合后的产物，你基因中的信息决定了你是一个什么样的人。我发现了一种媒介，它可以携带着基因信息进入你的细胞，改写你的基因信息，实现我预制的基因信息和你原来的基因信息进行完美的融合。最终，你将成为那个你想成为的人！”

“9F21”舔了舔下嘴唇，两眼放光地道，“马博士，如果我想成为一个能让老婆各方面都满足的男人，需要花多少钱？”

马尔文看着坐在对面的“9F21”，他那张看起来肉肉的脸实在是太圆了，就像是用圆规画出来的一样！

马尔文笑了，“我所做的这一切，不是为了赚钱。我的目的是想让那些对改变命运感到绝望的人能通过我的工作而实现梦想！在我看来，把一个失败者塑造成一个全新的成功者是我最快乐的事。然而问题恰恰出在这儿了。你想，如果每一个人都能变成一个完美的人，这个社会哪里还会有高低贵贱之分呢？所以，政府和我的同事都不允许我这样干，而社会上已经存在的成功者们也想方设法地要除掉我！于是，我只能躲在犄角旮旯里默默地等待着有缘人来我这儿，给自己一个改变命运的机会！”

马尔文说完这些后，从桌子上的纸抽盒中抽出一张面巾纸，擦了擦湿润的眼角。

“9F21”跟着也抽了一张纸，响亮地擤了一把鼻涕。然后，他发现这张该死的面巾纸没有他想象中那么坚韧。

“抱歉，”马尔文说道，“2元店买的，不怎么好使！”

“难道，改造我的基因不要钱？”

“不要钱是不可能的，但我只收成本价。总费用是10000元。治疗结束后交30%，剩下的70%则在你确信自己变成了想变成的人之后再付给我。”

“9F21”咬着下嘴唇沉默了。他额头上的汗珠闪烁着游移不定的微光。

“如果你不打算改变自己，今后继续与那些倒霉日子相伴，整天心情沉重地混吃等死……”马尔文怜悯地看着“9F21”说道，“那我看咱们就不要浪费彼此的时间了。”

那盆独自跳着钢管舞的花此时慢慢地转过头来，面对着“9F21”，拳头大的花朵开开合合，花瓣下的头发也在轻轻地抖动，仿佛是在耻笑他的胆小懦弱。

“9F21”猛地抬起头来，扬着他那张涨红的圆脸，颤声说道：“那种该死的日子我早就过够了！还等什么？我们赶紧开始吧！”

马尔文满意地点了点头，“来吧，躺在这张躺椅上，让我先刮取一点你的上颚细胞。等着电脑分析你 DNA 的空儿，咱们再好好明确一下你今后的人生规划！”

带着一股忐忑不安的兴奋情绪，“9F21”离开了马尔文的基因便利店。

“9F21”时刻关注着自己的身体变化。刚才在马尔文的躺椅上，一种奇怪的光线扫过他的身体，然后，马尔文给他打了一针。针筒中的液体看起来银光闪闪的。打针的时候，“9F21”又后悔了一次，但那会儿已经由不得他了。看着泛着银光的液体注入自己的粗短胳膊，“9F21”感觉自己正在经历注射死刑。

不知不觉间，“9F21”在人行道上越走越快。

高中毕业之后，“9F21”就再也没走得这么快过。这让他感觉不错。他三步并作两步爬上了五楼，一点也没觉得累。然后，他掏出钥匙走进自己的家。

“你！”他刚进家门，就听到一声怒吼，“存折哪儿去了，嗯？”

从这声怒吼中，“9F21”听出了愤怒、怀疑和威严。不可否认，他一直很怕他的老婆。但是很奇怪，今天他不怎么怕。也许今天午饭吃得很饱……他想。

之后，这一生之中从未有过的，他内心中猛地蹿起一股怒火，点燃了他身体的每一个细胞。

他没有说话。

“我问你呢，别给我装孙子！”老婆厉声喝问。

这句话令他听起来有些好笑。这句话他经常听到，就在昨天他也听到过。而昨天的时候他的心里只有深深的惶恐！

他还是没有说话。

他老婆终于还是从卧室里冲了出来，披头散发，双眼圆睁，左手掐腰，右手指着他，“说，存折哪儿去了！”

这个女人现在看起来，却没有从前那么可怕了。相反，他觉得这个凶神恶煞的女人瘦得令人恶心。

“我拿去用了。”他微笑着轻轻地说道。

“干吗用了？”老婆大吼。

“你没有必要知道。”他的声音很平稳，平稳到连自己都感到很惊奇。

他老婆愣了一下。“反了你了，是吧？”她也有点纳闷，“我看你是不是又欠收拾了？”

“闭嘴。”他笑着说道，但是眼睛却眯了起来，闪着寒光。

“你说什么？”她老婆向前走了两步，抬高声调说道。

“我说，闭嘴！”他很严肃地说。

愣了5秒钟后，她老婆冲着他扑了上来。

五分钟后，他走向厨房，去洗掉双手上的鲜血。

他的老婆瘫倒在地上，鲜血正流向卧室。他估计她再也不会冲他大吼了，连对他小声说话的可能性也不大了。

“9F21”吹着口哨，清洗着双手，心里感觉到无比舒畅。

马尔文买了一份刚出炉的时报。这份该死的报纸定价六角，如果他给报摊扔一枚一元的钢镚，人家就会找给他四个一角的小钢镚。恰巧现在报摊上只剩下3个1角的钢镚了，所以他不得已只好又买了一份价值4角钱的八卦小报。

马尔文一边诅咒着时报的定价策略，一边瞄着那份价值四角的小报第一版。上面有一行看起来很大的黑字——“昨日本市一男子怒杀结发妻”。

“9F21”脸上的神情，从配题照片上看起来镇定而欢欣。

“失控了……”马尔文自言自语地道，“也可能是过量了……”他拿出一个PDA手机（PDA是Personal Digital Assistant的缩写，字面意思是“个人数字助理”，掌上电脑的意思），匆匆地在上面记录了一些东西。

马尔文走过自己的便利店，没有开门，也没有停下，而是径直走向前方，就像是一个过路的上班族一样。因为，他发现路边停着一辆造型新颖的黑色多功能越野车，里面坐着3个人。这3个人没有在闲聊，而是不住地往便利店这边张望。

他边走边盘算着：一、这3个人很可能是警察。二、所以，“9F21”招了。三、所以，不能被警察带走。

马尔文用眼角的余光发现，那3个人下车了，向自己的便利店走去。到了十字路口，他借着左转的功夫侧脸看了一眼那3个人。没错，那些人站在他的店门口，敲打着卷帘门。便利店的卷帘门牢牢地关着，一时半会儿不会被打开。

关键是那些设备，资料和样本！

马尔文向前走了50米，然后走进一家刚开门的休闲服装店。几分钟后，他穿着一身廉价的新行头走了出来。他把盛着旧衣服的塑料袋塞进路边的垃圾桶，然后走进邮局，把那PDA手机放在纸盒子里，寄了出去。

他快步向自己的便利店走去，手里提着刚买的豆腐脑和一个煎饼果子。

远远地，那3个人还虎视眈眈地四下张望着。

“你们想买啥？”马尔文一边掏钥匙，一边殷勤地问道。

“你是马老板？”

“对，对。”

“我们是警察。”其中一个人硬硬地说道。

马尔文一边含含糊糊地答应着，一边打开了便利店的大门。

“你们要啥？”马尔文放下手中的廉价早餐，冲着货架上的盒装方便面猛地吹了一口气，一片雾蒙蒙的灰尘飘向远方。

“我们不买东西。”一个带头的便衣刑警眼光犀利地扫视着这个寒酸的小卖部，“我们是来了解情况的。”

“这个人你认识么？”另一个警察拿出一张照片给马尔文看。照片上的“9F21”看起来气宇轩昂，神气极了。

马尔文一边拿起煎饼果子狠狠地咬了一口，一边打量着“9F21”

的“入狱定妆照”。他先是摇了摇头，然后又猛然点了点头。“对，这个人我好像见过。”

“在哪里见的？”

“嗯……应该是前几天吧。这人好像来买过一瓶饮料。”

“你确定？”

马尔文摇了摇头，“不能很确定……”

“你知道这个人出了什么事吗？”

马尔文憨憨地摇了摇头。

“这个人说他从你这里接受了一种治疗，之后他就变得和从前不一样了。”

马尔文的表情看起来滑稽极了。他什么都没说，只是看了自己的小破店一圈，然后可怜巴巴地看着那个带头的警察。

这 3 个警察也四下张望着这家寒酸到极点的鸡毛小店。

马尔文一脸懊丧。“我这店的租赁合同快到期了，下个月我就关门了。怎么会遇上这种事儿呢……我去年吃煎饼果子的时候还都要在里面夹根火腿肠的，现在连火腿肠都没要了……”

3 名警察互相交换了一个眼色，为首的警察对着马尔文严肃地说道；“把你的家庭住址和联系方式给我们。我们最近肯定还要再找你，你不能离开市区，你要保证随叫随到。”

马尔文不紧不慢地找了一张破纸，写下了自己的地址和电话号码。

“对了，”马尔文把破纸交给其中一个警察，“这人犯啥事儿了？”

“你自己看报纸吧。”3 个警察有条不紊地采集了马尔文的指纹和血样，没有再多说一个字。

“8N83”摇晃着走进了马尔文的便利店。他穿着一件解开了上面 3 个扣子的浅紫色衬衣，脖子上的金链子闪闪发光。此人的发型飞扬跋扈，墨镜一看就是高档货色，所以，即使现在已经是晚上九点多了，他还不舍得摘下它。

“8N83”下午接到了马老板的电话，专程驱车 70 多千米赶来，为自己的下一步基因改造计划，他不惜抛头露面。

马尔文把他迎进店里，用遥控器关闭了卷帘门。然后两人走进了隐藏的密室。

“最近感觉怎么样？”马尔文笑着问道，“演艺事业还顺利吗？”

“8N83”摇了摇头，“糟透了。真是糟透了！”

马尔文耐心地等待着自己的客户接着说下去。

“硬是有人说我去整容了。一个小报记者甚至说我连身高都通过某种手术改变了！还有人说我的胸肌变化幅度太大，怀疑我去隆胸了！真该死，亏他们也能想得出来！”“8N83”唾沫星子四溅，丝毫没有发现这间实验室已经变得远比上次空旷多了。

“这也不算是什么坏事啊。”马尔文微笑着说道，“这说明有很多人关注你，这年头消息的好坏不重要，见报的频率才重要。一个明星的片酬同他的曝光率挂钩，可不是同道德指数挂钩。”

“8N83”不耐烦地扬了扬眉毛。

“别的先别说，你把我的泪腺改造得真是没话说。现在，我想什么时候流眼泪，流多少毫升，自己完全能够完美地控制。上次在片场，我的眼泪都直接喷到女主角的嘴里去了。”

“我早就说过了，想要提升演技，这是最快的途径之一。”马尔文笑着说。

“但是我的嗓子，现在能发出 7 个八度的音域倒是没错，可录音师老说给我录音时总是出现一些不明来路的超声波，我这次来你一定得给我去掉这些没用的玩意。”

“没问题，上次可是你自己主动要添加‘海豚音’的，我才加入了一点相应的基因，这个不能怪我！”

“对了，差点忘了！”“8N83”的脸上一脸的愤怒，“上次那个女二号和我睡觉的时候告诉我，说我的狐臭越来越严重了！”

“我已经闻到了。”马尔文皱了皱鼻子，“谁让你想要两块那么强健的胸肌呢……我估计由于时间仓促，黑猩猩的某些基因残片没有去干净吧……”

“怪不得我最近老是爱捶自己的胸口呢……”“8N83”若有所思地说道，“我现在见了香蕉就像瘾君子见到了香烟一样。”

“说到香烟，你可别忘了我上次嘱咐你的，别吸太多的那玩意儿，否则有可能导致……”

“导致个屁！”“8N83”嘬着牙缝含含糊糊地说道，“反正只要有你在，我什么都不怕。抓紧给我开始第……呃，第几次改造来着？弄完了我还得奔个夜场！抓紧！”

马尔文微笑着站了起来，“第6次调整。去那边的椅子上躺下吧。”

“8N83”躺在躺椅上，看着马尔文的背影。“看今天的报纸了没有？”

“什么事？”

“一个哥们把自己的老婆给剁了！”

马尔文一个字也没有说。

“那个哥们现在可真出名了，哈哈……关键是他之前一直是一个‘妻管严’，不知怎么回事，他突然就怒发冲冠了……”

马尔文从一个小冷柜里取出了一管液体，插入一个金属小架子里，然后将架子放进了一台贴着“调谐器”标签的小机器里。

“那人看样子就像是从你这里接受了基因改造一样。”“8N83”自顾自地说道，“一下子就变了，变成了另一个人……”

“没错。”马尔文盯着液晶屏幕，审视着基因的变化。

“8N83”没搞明白马尔文说的“没错”是指他说的没错还是自己的基因没错。

“说实在的，”“8N83”话锋一转，“以你的能耐，你可真不应该窝在这么一个小破地方！我前两天认识了一个搞风险投资的人，我可以给你引荐一下。你应该先想办法出名，然后大把的钱就会像马蜂看见了捅窝的人一样疯狂地扑向你了。”

“你没有违背我们之间的保密协定吧？”马尔文突然转过身来，吓了“8N83”一跳。

“当然没有！你知道，我的未来掌握在你的手里，不是吗？”

马尔文又转过身去忙自己的了。

“你说，你图的是啥呢？”“8N83”不解地问道，“就收这么点钱，每天藏在这么个破店里，忙来忙去的，就为了把别人改造得越来越成功？”

显示器上，基因正在打乱序列，飞速地重组中。

“你知道人活着的意义是什么吗？”马尔文的声音听起来像是自言自语，“是出名？发财？还是长寿？都不是！人活着，就是为了不断地自我完善！我们学习技能和知识，努力地经营自己的人生，就是希望自己的内心和外表越来越完美。

“但是很遗憾。每个人穷其一生，虽然能让自己有一些变化，但受基因所限，我们的变化太有限了。一个先天五音不全的人是无法唱出美妙的歌声的，一个先天愚钝的人一生只能出卖自己的体力。这太不公平了！

“我打算制造出一个完美的人类基因，从各方面都完美无缺，让所有人都站在同一个起跑线上——至少是让那些想站在同一起跑线上的人如愿以偿！

“我研发出了一种快速无害的基因改造方法，”马尔文自顾自地继续说道，“就像对电脑系统进行格式化一样简单。把改造剂和调整好的定制基因样本注射入血液，只需要 7 个小时，我们全身细胞中的 DNA 都会以样本基因为标准而彻底改变。

“我的计划是制造这么一个完美的基因出来，让我们远离所有的遗传疾病和先天缺陷，让我们拥有最高的初始智力和健康水平，拥有足够的寿命和疾病抵抗能力，并拥有超强的环境适应能力和进化能力！”

“可惜，”马尔文摇了摇头，“这个计划不会得到当权者和世俗社会的认可，强势群体不愿意丧失自己的优势，弱势群体又没有话语权。于是我得不到足够的资金、试验机会和基因样本。所以，我只能通过这种方式去慢慢实现自己的理想了！”

马尔文发表完自己的长篇大论，转过身来一看，却发现“8N83”先生闭着眼，嘴一张一合，不停地发出“吧唧吧唧”的声音。看上去，他睡得很甜。

这时，马尔文的电话响了。编号为“3X01”的政治家的头像在屏幕上抖动着，仿佛迫不及待地要和马尔文通话。

这可是个大人物！马尔文走出工作室，站在那一排堆着五颜六色的卫生巾的货架后面，毕恭毕敬地同“3X01”谈了很久。

随后，马尔文笑容满面地走回去，重新调整了几个小参数，然后将调和好的改造剂和基因样本抽入针筒，走到“8N83”旁边，摇醒了他。

“8N83”傻头傻脑地看了一圈周围的环境，他看到马尔文举着针筒微笑着看着他，才意识到自己现在不是躺在哪个高级会所的VIP房间的大床上。

“对了，”“8N83”挠了挠头，“我已经给你付了5万块钱了，我最近手头……”

“你放心。”马尔文点了点头，“这次是免费的，你现在还在保修期内呢……”

说完，马尔文缓慢地将那些液体注射进了“8N83”的体内。

第二天凌晨五点多，大火烧毁了这间小小的便利店。要不是救火车开得快，估计整条商业街都可能被付之一炬。

3名前一天刚来过这里的警察闻讯火速飞奔而来，然而，惨烈的现场什么都没有留下，只留下一片狼藉和一具黑乎乎的已经烧焦了的尸体。

几天之后，DNA检验证实，被烧死的人就是便利店的老板马尔文。

这让“9F21”的杀妻案骤然间复杂了很多。但是5个月之后，死刑还是依法执行了。

执行死刑的方式采用了注射死刑法，这让“9F21”感觉似曾相识，但直到他丧失思维能力之前，他都没想起来到底在哪里进行过这样一次让他印象深刻的注射。

3名曾经漫不经心地调查过马尔文的便利店的警察，之后锲而不舍地寻找马尔文的真实身份很长时间，可惜全都一无所获。马尔文就像从来都没有存在于这个世界上过，又好像无处不在。

这3名警察从此之后养成了一种不好的怪癖，他们无论走进哪个便利店都会死死地盯着老板或某个男性店员看，那种眼神中带着一股怀疑和杀气，以及一丝说不清的暧昧。通常，被盯者的脑海里都会产生“咋了？——找事？——抢劫？——不是？——断背？”等一系列急剧的变化，最终借故逃离现场。

“8N83”的演艺及歌唱事业创造了一次巅峰。之后，他沉寂了很久。据一个长期匍匐在他乡间别墅对面山头上的以拍摄野生动物的手法和精神来拍摄明星私生活的小报记者爆料，“8N83”的身体出现了一些可怕的变化。比方说黑色的大撮体毛、闪光的六角形皮肤斑纹和莫名其妙的生活习惯——他现在只通过窗户进出别墅，并且每天清晨四点半准时打鸣！

某天，电视上播放了一个著名年轻政治家退出政坛的新闻发布会，那张带着坏笑的脸让这3名警察看着似曾相识，仿佛是梦中情人的脸终于浮现在了自己眼前一般。

淡出政坛的政治家宣布今后将从事慈善事业，将投巨资于基因缺陷的研究与治疗领域，并殷切祝愿通过他所资助的项目将造福于全人类。

最后他宣布，他将联合多位银行家在全球兴建一万家健康连锁便利超市，在提供健康产品的同时，也提供免费的基因检验服务，让所有人都能知道自己的基因中存在哪些优势和不足！

一场轰轰烈烈的人类基因革命终于开始踏上正轨了！

豹

非人基因

王晋康

楔子

2007年8月的一个晚上，加拿大温哥华市的格利警官在阿比斯特街区例行巡逻，车上的微型电视正播放着纳特贝利体育场里1500米决赛的实况，那儿正举行世界田径锦标赛。格利警官是个田径迷，他一边开车，一边用眼睛瞟着屏幕。忽然电话响了，是局里通知他立即赶往邓巴尔街的洛基旅馆，说那儿刚打来一个报警电话，是一名女子的微弱声音，话未说完声音就断了，但从电话中能听到她微弱的喘息声，很可能这会儿她的生命垂危。格利警官立即关了电视，打开警灯，警车一路怪叫着驶过去，7分钟后在那个旅馆门口停下。

洛基旅馆门面很小，透过玻璃门，能看见有几个旅客在门厅里闲聊，还有几个在看田径比赛的实况转播。柜台经理阿瓦迪听见了警笛，紧张地注视着门外。格利匆匆进去，向他出示了警徽，说："212号房间有人报警。"

阿瓦迪立即领着他上到二楼，格利掏出手枪，侧身敲敲门，没有动静，经理忙用钥匙打开房门。格利警官闪身进去，一眼就看见一名浑身赤裸的黑人女子，半个身子溜在床外，电话筒还在床柜半腰晃荡着。屋内有股浓烈的血腥气，那女子的下体浸泡在血泊中，未发现其他人。格利摸摸女子的脉搏，还好，她没有死，警官立即让柜台经理唤来救护车。

他用被单裹住女子的身体，发现她的上半身满是伤痕，像是抓伤和咬伤，在喉咙处更有两排深深的牙印。送走女子后，他仔细地检查了屋内，没有发现什么有用的线索，地毯上丢着女子的T恤、皮短裙、黑色的长筒袜和透明的内裤，床柜上放着一百美元，卫生间里的小物品整整齐齐，可以看出没人使用过。

柜台经理阿瓦迪告诉他，这名黑人女子是半小时前和一名高个男人一块来的，那个男人10分钟前已走了。“是个黄种人，身高约6英尺2英寸，身材很漂亮，动作富有弹性，他留的名字是麦吉·哈德逊，当然可能不是真名。”

“他订房间是付的现款吗？”

“对。”

格利点点头。这桩案子的脉络是很清楚的，肯定这是一名妓女遇见了有虐待狂的嫖客。这种情况他不是第一次遇上，也不会是最后一次。他记录了阿瓦迪的证言后，便离开了旅馆。

第二天早上他赶到医院，医生告诉他，那名女子早就醒了，她的伤势并不重，失血也不算太多，主要是因极度惊恐而导致的晕厥。格利走进病房时，那名女子斜倚在床头，雪白的毛巾被拥到下巴处，脸上还凝结着昨晚的恐惧，听见门响，她惊慌地盯着来人。格利把一个塑料袋递过去。

“这是你的衣服。我是警官格利，昨晚是我叫人把你送到医院的。”

黑人女子勉强挤出一丝微笑，“谢谢你。”她的声音很低，显得嘶哑干涩。格利在她的床边坐下，“能告诉我你的名字吗？还有地址。”

女子低声说：“我叫萨拉，是美国加州人，五天前来到加拿大。”

格利点点头，他知道这个黑人妓女是那种“候鸟”，随着各国运动员、记者和观众云集温哥华，她们也成群结队飞到这里淘金来了。他继续问下去：“那个男人是什么样子？请你尽量回忆一下。”

萨拉脸上又浮现出恐惧的神情，脱口喊道：“他就像是野兽，我从没见过这样的男人！”

“是吗？请慢慢讲。”

女子心有余悸地说：“我们是在街头谈好的，那时他满身酒气，答应付我 100 美元。一到房间，不容我洗浴，他就把我扑到床上，后来……我受不了，央求他放开我，我也不要他付钱。那个人忽然暴怒起来，用力扇我的耳光，咬我，掐我的脖子，后来我就什么也不知道了。”

格利看看她，“恐怕不是用手掐你，据我看他是用的牙齿，昨晚我就在你颈上发现两排牙印。”

女子打个寒战，用手摸摸脖子，把要说的话冻结在喉咙里。格利继续问道：“还是请你回忆一下，有没有什么东西可以辨认他的身份？”

女子从恐惧中回过神来，回忆道：“他像是个运动员……”

“为什么？”

“他把我扑到床上后，又突然下床开了电视，电视中是田径世锦赛的实况转播。此后，他似乎一直拿一只眼睛盯着屏幕，还有，他的身材完全是运动员的体型，匀称健美，肌肉发达。老实说，当他在街头开始与我搭话时，我还在庆幸自己的幸运呢。没想到……”

“他是哪国人？你知道吗？”

萨拉毫不迟疑地说：“中国人。”

“为什么？柜台经理告诉我他是黄种人，但为什么不会是日本人、韩国人或越南人？”

萨拉肯定地说：“他是中国人。他说一口地道的美式英语，但在发狂时说的是中国话。我是在旧金山华人区附近长大的，虽然不会说中国话，但我能听懂。”

“那么，他是否也有可能是在华人区长大的华裔美国人？”

萨拉犹豫地同意了：“也有这种可能，不过……他似乎是把中国话作为母语。”

“他说的什么？”

“是一些不连贯的单词，什么100米、200米、刘易斯、贝利等。”

“你知道刘易斯和贝利是谁吗？”

萨拉摇摇头，格利也没再告诉她。现在，他已经不怀疑萨拉所说的“他是个运动员”的结论了。贝利和刘易斯是几十年前世界上有名的短跑运动员，只有那些全身心投入田径运动的人，才会在忘情时还呼唤他们的名字。格利立即想到三天前看到的一百米决赛情况。起跑线上的八个运动员，有五名黑人，两名白人，只有一名黄种人，是中国的田延豹。这也是多少年来第一次杀入决赛的黄种人选手。田延豹是个老选手，已经35岁，很可能这是他运动生涯的最后一次拼搏。他在起跑线上来回走动时，格利几乎能触摸到他的紧张。事实证明，格利并没有看错。发令枪响后，牙买加的奥利抢跑，裁判鸣枪停止。但是，田延豹竟然直跑到50米后才听见第二次鸣枪，等他终于收住脚步，离终点线只有20米了。他目光忧郁，慢慢地走回起跑线，走得如此缓慢，返回的时间足够他跑五次100米了。

那时格利就知道，这位不幸的中国人体力消耗和心理干扰太大，肯定与胜利无缘了。再次各就各位时，他恶狠狠地瞪着那位牙买加选手。很可能，因为这名黑人选手的一次失误，耽误了另一名选手的一生。

那次决赛田延豹是最后一名，而且这还并非不幸的终结。冲过终点线他就栽倒在地上，中国队的队医和教练急忙把他抬下场。刚才他耗尽了最后一丝潜力以求最后一搏，不幸又把腿肌拉伤了。

这样，两天后，也就是昨天晚上的200米决赛，他不得不弃权，可是按他过去的成绩来看，他在两200比赛中的把握更大一些。在电视中看到这些情况时，格利十分同情和怜悯这个倒霉的中国人，但此刻他却不由自主地把怀疑的矛头对准了他。按体育频道主持人的介绍，田延豹恰是6英尺2英寸的身材，体型十分匀称剽悍。也许，一个在赛场上遭受毁灭的男人会怀着一腔怒火去毁灭一个素不相识的女人？他问萨拉："那人大约有多大岁数？面部有什么特征？"

"20多岁，圆脸，短发，至于别的特征……我回忆不起来。"

"你能确定他不足30岁吗？"

萨拉迟疑地摇摇头，"我不能，他没有给我足够的观察时间。"

"他走路是否稍有些瘸拐？"

"没有注意到。"

"如果看到他的照片，你能认出来吗？"

"我想可以。"

格利站起身，“那好，你休息吧，我下午再过来。”

他立即动身去温哥华电视台借来了前天晚上决赛的光盘，但在返回途中他已经后悔了。冷静地想想，他的推测纯属臆断，没有什么事实根据。而且……即使犯罪嫌疑人真的是那个可怜的中国运动员，他也是在一时的神经崩溃状态下干的，很可能这会儿已经后悔了，何况他也没有造成什么严重的后果，何必为了一个肮脏的妓女毁掉一个优秀运动员的一生？

等他迟疑不决地回到医院，那名妓女已经失踪。她趁护士不注意，穿上自己的衣裙溜走了。这不奇怪，哪个妓女没有违犯过法律？她们不会喜欢到警察局抛头露面的。于是，格利警官心安理得地还了光盘，把这件事抛到脑后了。

二

中航波音777客机正飞在北京—雅典的航线上，高度一万五千米。从舷窗望出去，外面是一片淡蓝色的晴空，脚下很远的地方是凝固的云海，云隙中镶嵌着深蓝色的地中海。

午餐已经结束，老记者费新吾用餐巾纸揩完嘴巴，把杯盏递给空姐。看看他的两个同伴，田延豹和他的堂妹田歌，已经闭着眼睛靠在座背上，专心听着耳机里的英语新闻广播。田延豹今年四十岁，圆脸，平头，穿着式样普通的夹克衫。他退出田径场后身体已经发福了，但行为举止仍带着运动员的潇洒写意。田歌则是一位青春靓女，在机舱里十分惹人注目。

飞机上乘客不多，不少人到后排的空位上观景去了。前排几个小伙子正神情亢奋地大谈特谈，听口音是东北人。其中一个嗓门特别大："这叫哀兵必胜！雅典几次申奥失败但坚持接着干，这不把奥运会争到手了？再看咱们，一次申奥失败就永不开口。中国人的面子值钱哪，操！"

费新吾微微一笑，看来，机上至少一半人是去观看雅典奥运会的，他们属于迟到的观众，奥运会早在3天前就开幕了。不过费新吾是有意为之，因为他和两个同伴主要是冲着田径之王——男子百米决赛而去的，他们不想多花3天的食宿费。

男子百米决赛定于明晚举行。

从头等舱里出来一个老人，大约65岁，面目清癯，银发，穿一身剪裁得体的藏蓝色西服，细条纹衬衣，淡蓝色领带，举止优雅，目光十分锐利。他径直朝这边走过来，边走边打量着费新吾和他的同伴。费新吾开始在心里思索这是不是一个熟人，这时老人已立在他身旁，抬头看看座位牌，微笑着俯下身，"如果我没有看错，您就是著名的体育记者费新吾先生吧。"

费新吾赶忙起身，"不敢当，我曾经当过体育记者，现在已经退休了。先生……"

老人接着向田延豹示意："这位先生……"费新吾触触同伴，田延豹睁开眼睛，看见一个老人在笑着看他，便取下耳机，欠过身子。老人继续说："如果我没有看错，这位就是中国最著名的短跑运动员田延豹先生吧。"

田延豹的目光变暗了，那个失败之夜又像一根烧红的铁棒烙着他的心房。一辈子的追求和奋斗啊，就这么轻易断送在"偶然"和"意外”上，谁说上帝不掷骰子？……那晚，他违犯了团组纪律，单独一人外出，在酒吧中喝得酩酊大醉。第二天，焦灼的领队和老费在警察局的收容所里找到了他。他拂去这些回忆，惨然一笑，对老人说：“一个著名的失败者。”

老人在前排空位坐下，慈爱地看着他，“失败的英雄也是英雄，折断翅膀的鹰仍然是鹰。毕竟你是第一个杀入世锦赛百米决赛的中国选手，历史不会忘记你。”老人看见了两人询问的目光，又作自我介绍，“我姓谢，双名可征，美国马里兰州克里夫兰市雷泽夫大学医学院生物学教授，也是去看奥运比赛的。”

靠窗坐的田歌忽然扯下耳机，兴奋地喊：“半决赛刚结束，他已经杀入决赛了！”

田延豹急忙问：“成绩呢？”

“9.90 秒，仍是最后一名——最后一名也是英雄，飞得再低的雄鹰也是雄鹰！”

她刚才并没有听见三个男人的谈话，所以这番关于鹰的话纯属巧合，3 个男人不由得笑了。田歌不知道笑从何来，诧异地睃着三个人，眼珠滴溜溜的像只小鹿，3 个人又一次笑起来。

谢教授的目光被田歌紧紧吸引住，22 岁的田歌具有上天垂赐的美貌，虽然不重脂粉，但无论何时何地都能光芒四射，艳惊四座。她穿一身白色的亚麻质地的休闲装，显得飘逸灵秀。很可能，前边那一群东北小伙子的亢奋就与身后有这样一位美貌姑娘有关。

费新吾为老人介绍：“这个漂亮姑娘是田先生的堂妹，超级田径迷，虽然她自己的百米成绩从未突破十五秒。后来我为她找到了其中的原因：老天赐给她的美貌太多，坠住了她的双腿，所以她只好把对田径的一腔挚爱转移到她的偶像身上。”

这番亦庄亦谐的介绍使田歌脸庞羞红，她挽住哥哥的手臂说：“豹哥是我的第一个偶像。”

谢教授微笑着问：“你刚才谈论的是谢豹飞的成绩吧？”

“对，美国运动员鲍菲·谢，那是我的第二个偶像，他与我豹哥是世锦赛和奥运史上唯一杀入决赛的中国人，而且名字中都带一个‘豹’字，这真是难得的巧合！我想他们的父母在为儿子起名时，一定希望他们跑得像非洲猎豹一样轻盈！”

费新吾纠正道：“你犯了一个错误，这名运动员只是华裔，不是中国人。”

老人微微一笑，“田小姐说得并不为错，虽然谢豹飞，还有我，不是法律意义上的中国人，但在心灵上仍属于中国。”他眼睛中闪着异样的光芒，压低了声音，“透露一点小秘密，谢豹飞就是我的独生儿子，我是去为他助威的。”

田歌闻讯立即蹦起来，惊叫道：“你……”

老人把手指放在唇边，“嘘……暂时保密。”

田歌因站立过猛，膝盖狠狠撞在铺展的小餐桌上，但她似乎并未感觉到疼痛，仍异常兴奋地盯着这位老人。她做梦也想不到能有这样难得的机会，遇见谢豹飞的父亲！在她的心目中，谢豹飞差不多和外星人一样神秘。费新吾和田延豹也很兴奋。

老人说：“我在乘客名单中看到了你们两位，哦不，你们三位的名字，我和田先生、费先生已经神交多年了。为了表示敬意，我已为你们准备了百米决赛的入场券，到雅典后请用这个电话号码与我联系。”他递过一张写着电话号码的小纸片。

费新吾衷心地说：“谢谢，衷心希望令郎在明天取得好名次。”

老人起身同 3 个人告别，想了想，又俯下身神秘地说：“再透露一点小秘密，希望绝对保密，直到明晚 9 点之后。可以吗？”

田歌性急地说：“当然可以！是什么秘密？”

老人嘴角漾着笑意，一字一顿地说：“除非有特大的意外，鲍菲在决赛中绝不是最后一名。”

他展颜一笑，返回头等舱。这边 3 个人面面相觑，被这个消息惊呆了。田歌声音发颤地说：“豹哥，费叔叔……”

费新吾向她摇摇手指，止住她的问话。他和田歌一样有抑制不住的狂喜。虽然在种族融合的 21 世纪，狭隘的种族自豪感是一种过时的东西，但他还是没办法完全摆脱它。不错，在体育场上，黑人、白人运动员所创造的田径纪录也使他兴奋不已，他十分羡慕这些天之骄子，他们有上帝赐予的体态体能，尤其是黑人，他们有猎豹一样的体形，长腿，窄髋骨，肌肉强劲，在田径场上看着他们刚劲舒展的步伐简直是种享受。他们多年来称霸田坛，最红火的时候，100 米、200 米的世界前 25 名好手竟然全是黑人！黄种人呢？尽管他们在灵巧性项目上早已占尽上风，但在力量型项目上至今仍是望尘莫及。5 年前，35 岁的田延豹的崛起曾使他兴奋过，结果失望了。其实回想起来这种结局是正常的，因为田延豹身上背负着国人太多太多的期望，他在心理上被压垮了。那天赛场上的意外只是一根导火索。

近两年来，华裔运动员谢豹飞像一颗耀眼的新星突然出现在天际，从一个默默无闻的三流选手迅速爬升，直到杀入奥运决赛。在体育界，他是一个带着几分神秘的人物，连他的英国教练也从不抛头露面。费新吾对他一直抱着极高的期望，不过他始终认为，谢豹飞夺冠只能是下一届奥运会了，因为他的成绩一直徘徊在世界八至十名好手之后。

这时，田延豹俯在他耳边兴奋地低声说："他在复赛和半决赛中都是倒数第一名，如果……"

作为多年的体育记者，费新吾完全听懂了他的话。如果一个有意隐藏实力的选手一直以这种成绩杀入决赛，那就说明他对自己有绝对的信心——他知道自己不会因为万一的不慎被挤出决赛圈。那么，这个选手极可能有夺冠的实力。

他们兴奋地交换着目光，不再交谈。他们不会辜负老人的信任，一定要把这个秘密保守到决赛之后，因为这是出奇制胜的绝妙的心理战术。

飞机下面已经是白色的雅典城，空姐们敦促乘客系上安全带，迅速增大的气压使他们两耳轰鸣着，机场的光团渐渐分离成单个的灯光。

田歌紧紧拉住哥哥的右臂，激动地说："豹哥，我真盼着快点到明天！"

雅典帕纳西耐孔体育场一直是奥林匹克运动的圣殿，就像是伊斯兰信徒心中的麦加天房。帕纳西耐孔体育场建于公元前330年，全部由洁白的大理石建成，坐落在圆形的山丘上。体育场正面是典型的古希腊多利亚建筑风格的高大前柱式门廊，门廊中央是巍峨庄严的白色大理石圆柱，前后共排列二十四根。中央门廊成品字形，共十二根，后门廊柱共六根。看台依跑道的形状而建，也全部是洁白如雪的大理石，跑道两端是白色大理石砌成的方形圣火台。

体育场后面是郁郁葱葱的绿树，晚霞洒落在高大的树冠上。这个古老的体育场同样也充满了现代气息，两块巨型电视屏幕高高耸立，10口锅状的卫星天线一字排开朝向天空。暮色渐渐沉落，但体育场内亮如白昼，灯光映照着绿色的草坪，朱红色的跑道，还有数万兴奋的盛装观众。费新吾和两个同伴在靠近跑道终端的二层看台上找到了自己的位置。做了多年的体育记者，他知道在百米决赛的黄金时段，这样的位置是十分难得的。他十分感激那个慷慨的老人，但他没有找到老人的影子，附近没有，贵宾席上也没有。莫非在这个令人癫狂的时刻，他还能端坐在卧室中看电视？

他在贵宾席上看到了原美国短跑名将刘易斯，这个百米跑道上的风云人物，他曾经多次获得奥运冠军，打破世界纪录，现在已是五十多岁的老人了。此刻，他正在与贵宾席正中的国际奥委会原主席萨马兰奇交谈，萨翁左侧则是现任奥委会主席。两位主席当然不会错过今天的比赛，毕竟，男子百米的金牌是田径运动中分量最重的奖牌。

回头望望看台，7排以上全是各国的新闻记者，他们胸前挂着长焦距相机，膝上摆着最新的笔记本电脑，面前还有为他们特意配置的小型闭路电视。费新吾用目光扫视一遍，从他们佩戴的台徽看，有英国的BBC，美国的AP，意大利的RAI，日本的TBS，加拿大的CBC，法国的FT2，挪威的NRK，以色列的IBA……自然也少不了新华社。新华社的穆明也看到他了，两人远远地招招手。

田延豹一直闭目而坐，眉峰微蹙。他一定是又回到了五年前那个痛苦的夜晚。田歌穿一件洁白的露肩装，紧紧捧着一束硕大的花，里面有象征胜利的月桂和象征爱情的玫瑰。她的眸子里有两团火在燃烧，从她手指和嘴角无意识的抖动，能看出她心中极度的渴盼。

忽然观众骚动起来，随即各种语言的欢呼声响成一片。八名短跑选手从休息室里出来了，有美国的老将格林、蒙戈马利，英国新秀德锐克，加拿大的贝克尔，牙买加的奥塞，尼日利亚的老将埃津瓦，乌克兰的斯契潘奇。这里面有 5 个黑人，2 个白人。最后出来的是美国的鲍菲 · 谢，选手中唯一的黄种人。八名选手都很从容，步履悠闲地走着，不时向看台上招招手或送个飞吻。

当谢豹飞经过记者席时，二排看台上的一个姑娘用英语高喊："鲍菲 · 谢，谢豹飞，这束花是你的！"

姑娘的声音十分脆亮悦耳，谢豹飞看到了那个手持花束用力挥舞的姑娘，纵然是决战前的紧张时刻，那姑娘明月般的美貌还是让他心神摇曳。他点点头，送去一个飞吻，继续往前走。

田歌脸上发烧地坐下来，把脸埋在花束中，心脏狂乱地跳动。她心目中的偶像听到了她的声音！为这一句话她曾踌躇良久，她原想喊"不管胜利或失败，这束花都是你的"，但仔细考虑，这样喊未免不吉利。反复斟酌到最后，她才把自己的激情浓缩在那六个字中。

8 名选手正在脱外衣，她心醉神迷地盯着自己的偶像。其实，她对谢豹飞知之甚少，也不知道他是否有意中人，但她仍不顾一切地把自己的感情给予他了。谢豹飞已脱掉长衣，悠闲地做着调整运动。他身高 1.88 米，肩宽，腰细，臀部微凸，双腿修长强劲，圆脑袋，背部微有曲度，整个身体像非洲猎豹一样矫健剽悍。

9 点 30 分，8 名选手各就各位，谢豹飞是第八跑道。这正是他和教练设想的最佳位置。他的步幅较大，外跑道更有利。裁判高高举起发令枪，8 台激光测速器都对准了各人的腰部，全场突然变得一片静寂。

在 3 个中国人附近，有一位衣着普通的白人老者，他坐在四排看台的普通席上，目光冷静地看着谢豹飞的一举一动，没有人认出他就是著名的耐克公司的董事长菲尔·奈特。3天前，在美国俄勒冈州波特兰市耐克公司总部，秘书告诉他，有一个从雅典城打来的越洋电话，一定要找奈特本人。打电话的人自称是百米决赛中最差劲的一位选手，华裔美国人鲍菲·谢。奈特忽然心中一动，让秘书把电话转过来。

电视中出现了那个年轻人圆圆的面孔，穿着运动衫，背景是吵吵嚷嚷的体育场。他嬉笑自若地说："我是百米决赛中最差劲的一名选手，以至各个体育用品公司都不把我放在眼里。不过，奈特先生是否知道中国有句话叫'烧冷灶'？也许在某个冷灶里烧一把火，会得到意想不到的好处呢。"他大笑一阵后继续说道，"所以我自己找上门来，想与奈特先生签一份对双方都有利的合同。"

他的笑容明朗而自信，在这一瞬间，奈特忽然触摸到了这个人明天的成功。老奈特十分相信自己的商业直觉，他仅停顿两秒钟，就果断地说："好，我同意，我马上派人去雅典跟你签合同。"

那人笑着说："我不喜欢同你的下级讨价还价，还是咱俩在这儿敲定吧。我会在百米决赛中穿上耐克跑鞋——毕竟我一直在穿它——比赛后，我会把耐克跑鞋抛到天空，或顶在头上，总之做出你想要我做的任何表演。至于贵公司的酬劳，当然与我的名次有关。我提个数目，看奈特先生是否赞成。如果我取得第8到第2的任何名次，贵公司只需付我1美元……"

奈特立即问道："你说多少？"

"1美元，只需1美元。但我若夺得冠军，这个数目就立即上升到5000万。你同意吗？"

奈特对他的自信无比震惊，短时间的踌躇后，他干脆地说："我同意，付款期限……”

“不不，我的话还没有说完呢。如果我夺冠的同时又打破世界纪录，贵公司要把上述酬劳再增加一美元，也就是五千万零一美元。但如果我的纪录打破9.5秒大关，”那人一字一顿地说，“听清了吗？如果打破9.5秒大关，我的酬劳就要变成1亿美元。”

纵然奈特是体育界的老树精，他仍然吃惊得站起身来，“你说9.5秒大关？那是多少体育专家论证过的生理极限呀，根据计算，为了达到这个速度，大腿的肌肉纤维都要被拉断。换句话说，这是人类体能所无法达到的。”

对方不耐烦地说：“那就是我的事了。怎么样？一亿美元，据我所知，贵公司还没有同哪一个运动员签过这么大数额的合同。”

奈特按捺住内心的激动，平静地说：“我答应。你不要把我看成唯利是图的商人。只要你能超越体育极限，达到人类不敢梦想的这个高度，我情愿奉送你1亿美元，而且不要你承担任何义务。”

鲍菲目光锐利地看看他，略作停顿后笑道：“也好，我会把这段谈话透露给某位记者，我想这将是对耐克公司更好的宣传，远远胜于向天空扔跑鞋之类杂耍。至于付款期限等枝节问题就由你们酌定吧，我不会挑剔的。”说完，他就挂了电话。

这会儿，奈特用望远镜盯着蹲伏在起跑线上的鲍菲，心中默默祈祷着。一方面，从理智上说，他不相信谢的大话——这确实是令人难以置信的；另一方面，从直觉上，他又十分相信，他能从那人当时的笑声，从他明朗的表情，甚至从他的不耐烦上触摸到他的才能和信心。好了，10秒之后就能看出究竟了。

一声枪响，8个人像箭一般冲出起跑线，鲍菲和奥塞跑在最前面，但随即又是一声枪响，有人抢跑！八名运动员随即都很快收住脚步，怏怏地返回起跑线。

田延豹心头猛然一阵紧缩。这两年他一直盯着谢豹飞的崛起，为了一种潜意识的种族情结，他把自己破灭的梦想寄托在这个黑头发黄皮肤的华裔年轻人身上。其实他知道谢豹飞是美国人，他得奖时会升起星条旗，奏起美国国歌，但不管怎样，他仍然期盼着这名华裔选手获胜。在邂逅了谢先生之后，这种亲切感变得更浓了。但是，今天的情形简直是五年前的重演，莫非他也要遭到命运之神的毁灭？

他原以为是谢豹飞抢跑了，但裁判却向牙买加选手奥塞发出了警告。谢豹飞返回起跑线后，怒气冲冲地瞪着第五道上的奥塞，向他狠狠啐了一口。田歌没有想到自己的偶像会在众目睽睽之下做出这样粗野的举动，不由得面庞发烧，垂下目光。田延豹却突然攥住老费的胳臂——在这一瞬间，他对谢豹飞获胜的把握又大了几分。不错，这个动作是有失体面的，谦恭的中国选手绝不会这样做。但恰恰是这个粗野的举动显露了那人的自信，显示了他身上未泯灭的野性。

这种可贵的野性在国内选手身上太少见了，而在国外选手尤其是黑人选手身上则常常可以看到。那时，国内运动员中流传着一个近乎刻薄的笑谑，说黑人正是因为进化得较晚，所以才保留了较多的野性。当然这是吃不到葡萄的自我解嘲，因为据近代基因科学的判定，非洲人的基因是最古老的，非洲是全世界人类的摇篮。

发令枪又响了，谢豹飞第一个冲出起跑线。依田延豹多年的经验，他的起跑反应时间绝对在 0.115 秒之下，看来他的体力和心理都没有受到上次抢跑的影响。他的动作舒展飘逸，频率较高，步幅也大，腰肢柔软，酷似一头追捕羚羊的猎豹。从一开始，他就把其余的选手甩到身后，在后程加速跑又把这个距离进一步扩大，领先第二名将近五米。转眼之间，他就昂首挺胸冲过终点线。看台上立即响起雷鸣般的掌声，这阵惊涛骇浪几乎把看台冲垮。

但今天场上的情形很奇怪，欢呼声仅限于普通观众，而那些教练、老选手、老资格的体育记者都屏住气息，紧紧盯着电动记分牌。他们凭感觉知道，一项新的世界纪录就要诞生。9.49 秒！记分牌上打出这个不可思议的数字，全场足足停顿了 10 秒钟，才爆发出惊天动地的欢呼声，数万观众不约而同地站起来，有节奏地欢呼着："鲍菲——谢！鲍菲——谢！"

谢豹飞接过别人递来的美国国旗，绕场狂奔。新闻记者们低着头，争分夺秒地用专用电话线发送最新报道。两位奥运会主席也忘形地站起身大声喝彩，尤其是满头银发的萨翁，兴奋得不能自制，以至于泪流满面。费新吾和田延豹的眼眶也都湿润了。

田歌捧着花束跳到场中间，等谢豹飞跑过来时，她狂喜地扑上去，"谢豹飞，这束花是属于你的！"

她递过鲜花，忘情地搂住谢的脖颈。谢豹飞一手执旗，一手执花，环抱着姑娘的臀部把她举起来，在她的胸脯上吻了一下。

虽然这个动作失之轻薄，但狂喜中的田歌毫无芥蒂，她深深地吻了一下谢豹飞的额头，挣下地跑回看台。其他几名选手也过来同冠军握手祝贺，他们对这个冠军心悦诚服。奥塞也过来了，谢豹飞笑着特意同他紧紧拥抱，了却了刚有过的冲突。

直到运动员回到休息室，全场的狂欢才慢慢平息。

各家电视台、电台和电子报纸都以最快的速度报道了这则爆炸性的消息。美联社套用了首次登月的宇航员阿姆斯特朗那段著名的话："对于鲍菲·谢而言，这只是短短的一百米；但对于人类来说，却跨越了几个世纪。"

不久，奥运会兴奋剂检测中心公布了对谢的检测结果："我们在赛前及赛后对鲍菲·谢进行了两次兴奋剂检查，检查结果均为阴性。此外，我们还用才投入使用的最新技术对他的生长刺激素服用情况进行了检查，结果也为阴性。值得一提的是，正是谢本人主动要求我们强化对他的检查。他要向世人证明，他这次令人震惊的胜利是光明磊落的。"

菲尔·奈特先生不动声色地看完比赛，悄悄返回波特兰市的耐克公司总部。鲍菲·谢履行了他的诺言，比赛后立即向报界公布了三天前两人之间的谈话，这使耐克公司的声誉达到了巅峰，连总统也打电话向他表示了敬意。这种效果是多少广告费也达不到的。而且，凭多年的经验，他知道几天后大把的订单就会飞向耐克总部，至少百分之二十的美国青少年会立即去买一双耐克跑鞋挂在墙上，以此宣泄他们对鲍菲·谢的狂热崇拜。

二

在雅典瓦尔基扎富人区的一座寓所里，谢可征教授独自躺在沙发上看完电视转播，然后向国内的妻子打了一个电话，就儿子的惊人成功互相道喜。这个结果早在他们预料之中，所以他们的谈话十分平静。

刚放下电话，电话铃响了，屏幕上是田歌的面庞，她眼睛发亮，两颊潮红，略带羞涩但口气坚决地说："谢伯伯，向你祝贺！……两百米决赛后鲍菲有时间吗？如果他能陪我吃顿饭，我会十分荣幸。"

谢教授微微一笑，他想这个姑娘已经开始了义无反顾的爱情进攻。他也知道儿子已经成了世界名人，狂热痴迷的美女们会成群结队跟在儿子身后。不过他十分喜欢田歌，喜欢她不事雕琢的美，也喜欢她的开朗和落落大方，更喜欢她是一个中国人。他半开玩笑半认真地说："田小姐，我给你一个电话号码，你自己同鲍菲联系吧。要抓紧啊。"

田歌羞红了脸，说："谢谢伯伯。"

两天后，两百米决赛结束了。谢豹飞以 18.62 秒的成绩再次夺冠——又是一个世纪性的成绩。这些天，费新吾和田延豹一直处于极度亢奋之中，他们兴致勃勃地谈论着这个罕见的"鲍菲现象"：为什么他能把同时代的人远远抛在后边？为什么他能轻而易举地突破科学家预言的生理极限？他并没有服用兴奋剂，他事先要求对自己进行药检，正是为了向舆论证明自己的清白。是否他父亲发明了一种新的高能食品？或者是其他合法的方法，比如电刺激？

无疑，他创造的两个纪录会成为两座突兀的高峰，恐怕多少年内都无人能超越。这种现象并非绝无仅有。1968 年，美国运动员鲍勃·比蒙的世纪性一跳创造了 8.9 米的跳远纪录，一直保持了十五年。乌克兰选手布勃卡的撑竿跳纪录至今仍是运动员可望不可即的彩虹。但尽管这样，在短跑中出现这样的突破仍是不可思议的，是极不正常的，因为短跑技术早已发展得近乎尽善尽美，它已经把人类的潜能发挥到了极致。众所周知，水平越高的运动就越难做出突破。

他们常常心醉地、不厌其烦地回忆起谢豹飞在赛场上那份矫捷和飘逸潇洒。他们都是内行，越是内行，越能欣赏谢的天才和技术。费新吾自嘲道："咱们这是秃子借着月亮发光呀。中国人没能耐，拉个华裔猛侃一通。说到底，他的奖牌还是美国的。"

田延豹脱了衣服走进浴室，忽然扭头问："他会不会是个混血儿？你知道，远缘杂交——这个名词虽然有些不敬——常常有遗传优势。比如法国著名作家大仲马是黑白混血儿，他的体力就出奇强壮，常和狐朋狗友整夜狂嫖滥赌，等别人瘫软如泥时，他却点上蜡烛开始写小说。他的不少名著就是这样写出来的。"

费新吾摇摇头，"不，我侧面了解过。他是百分百的中国血统。"

3天没好好睡觉，两人真的乏了，他们洗浴后准备好好地睡一觉。就在这时，电话铃响了。拿起电话，屏幕上仍是一片漆黑，看来对方切断了视频传输，他不想让这边看到他的面貌。

那人说的英语，音调十分尖锐，就像是宦官的嗓音，让人觉得很不舒服："是费新吾先生吗？"

"对，你是……"

"你不必知道我的名字，我想有一点内幕消息也许你会感兴趣。"

费新吾摁下免提键，同田延豹交换个眼色，"请讲。"

"谢豹飞的胜利大家都知道了，也许，作为中国人，你会有特殊的种族自豪感？"

他的口气十分无礼，费新吾立即滋生了强烈的敌意，他冷冷地说："我认为这是全人类的胜利。当然，同是炎黄后裔，也许我们的自豪感更强烈一些。是否这种感情妨害了其他人的利益？”

那人冷静地回答：“不，毫无妨害。我只是想提供一点线索。谢豹飞今年25岁，26年前，谢可征先生所在的雷泽夫大学医学院曾提取过田径飞人刘易斯先生的体细胞和精液。”

费新吾一怔，随后勃然大怒道：“天方夜谭，你是暗示……”

“不，我什么也不暗示，我只是提供事实。谢先生和刘易斯先生正好都在雅典，你完全可以向他们问询，需要两人的电话号码吗？”

费新吾匆匆记下刘易斯的电话，又尖刻地说：“即使证实了这个消息又有什么意义？我看不出刘易斯的细胞和谢豹飞先生之间有什么联系。”

那个尖锐的嗓音很快接口道：“请不必忙于做出结论，你们问过之后再说吧。明天或后天我会再和你们联系。”

电话挂断后，两人很久都没说话，那个尖锐刺耳的声音仍在折磨他们的神经，就像响尾蛇尾部角质环的声音；那个神秘人物的眼睛似乎仍在幽暗处发出绿光，就像响尾蛇的毒眼。他是什么居心？他主动向两个陌生人提供所谓的事实，而这两个人既非名人，又不属新闻界；那人清楚地知道谢可征和刘易斯还有这儿的电话号码，他是怎么知道的？没准儿他在跟踪这些人。

田延豹摇摇头说：“不会的，谢豹飞身上没有任何黑人的特征。”

费新吾恨恨地说：“即使他是用刘易斯的精子人工授精而来，又有什么关系？我难以理解，这个神秘人物披露这些情况，是出于什么样的阴暗心理？！”

但不管如何自我慰藉，他们心中仍然很烦躁，莫名其妙地烦躁。半个小时后，田延豹下了决心：“我真的要问问刘易斯，我和他有过一段交往。”

费新吾没有反对。田延豹拨通了刘易斯的电话，但没人接。他一遍又一遍地拨着，又出现了几次忙音。直到晚上11点，屏幕上才出现刘易斯黝黑的面孔和两排整齐的牙齿。他微笑地说：“我是刘易斯，请问……”

“刘易斯先生，你好。我是田延豹，你还记得我吗？2007年世界田径锦标赛百米决赛那个倒霉的中国选手。”

刘易斯笑道：“噢，我记得。我很佩服你当时的毅力。你现在在哪儿？”

“我也在雅典。请原谅我的冒昧，我想提一个无礼的问题，如果不便，你完全可以拒绝回答。”他简单追述了那个神秘的电话，“刘易斯先生，你真的向谢可征先生提供过体细胞和精液吗？”

刘易斯耐心地听完后说：“田先生，今天你已是第8个提问者了，我刚回答了7名新闻记者的同样问题，这已在舆论界掀起了一场轩然大波。”

田延豹和费新吾交换着目光，现在问题更明显了。那个打电话的人是想掀起一阵腥风恶浪把胜利者淹死。

刘易斯接着说：“对，我记得这件事，我是向雷泽夫大学医学院提供过的，那是个严肃的学术机构，他们希望得到一些著名运动员的体细胞和精液进行某种试验。刚才几名记者都问我，鲍菲的父亲是不是那个研究课题的负责人，我的回答是：可能是一名姓谢的华裔，不过这一点我记得不准确。”说到这里他笑了笑，“我知道那个多事的家伙是在暗示什么。坦率地讲，我非常乐意有这么一个杰出的儿子，可惜这只是我的一厢情愿。在鲍菲·谢先生身上，你能看到一丝一毫刘易斯的影子吗？”

他爽朗地大笑起来，这笑声也冲淡了田、费二人心中的阴影。刘易斯快言快语地说：“不要听他的鬼话！不管这个躲在阴暗中的家伙是白人还是黑人——我想大概不会是黄种人——他一定是个心地阴暗的小人，他想制造一些污秽泼在胜利者身上。不要理他！”

放下电话，两人都觉得心中轻松了些。田延豹说：“不必给谢老打电话了吧？”

“不必了，不要搅扰他的好心境。”费新吾沉思地说，“你说，这个神秘人物究竟是什么动机？莫非他也是短跑圈内人？是失败者的嫉妒？就像逢蒙暗算了后羿。”

田延豹勉强笑道：“那，我是最大的失败者。”

费新吾知道自己失言了，这句无意的话又勾起了田延豹已经冷却的痛苦。那年温哥华世锦赛他也在场，是他和中国田径队的领队到警察局领回了烂醉如泥的田延豹。清醒过来后，田延豹对头天晚上的事完全没有记忆。按那时中国田径队的严格纪律，肯定是要给他一个处分的，不过领队也是运动员出身，知道 20 年奋斗而一朝失败是多么深重的痛苦。于是，他和费新吾悄悄把这事压了下来。

这会儿，他不愿多做解释，便拍拍田延豹的肩膀，表示把这一页掀过去。田延豹已经上床休息了，费新吾仍在电脑前快速浏览着电子新闻。也许是本能，也许是潜意识的预感，他总觉得这个电话只是一个大阴谋的开场锣鼓。查阅时，他把注意力全部集中在这次的 100 米和 200 米决赛上，集中在谢豹飞身上，看看有没有什么异常的蛛丝马迹。

新闻报道中没有什么特别的东西，各国记者在报道这两次决赛时都使用了最高级的形容词：世纪之战，体育史上的里程碑，百世难逢的奇才……美国《新闻周刊》的老牌记者马林甚至这样写道：“鲍菲·谢不仅成功地打破了百米9.5秒大关和两百米19秒大关的壁垒，也成功地打破了人类的心理壁垒。从此之后，那些对人类生理极限抱悲观态度的人，那些以‘科学态度’对各种运动定下这种那种极限的体育生理专家，对自己的结论要重新考虑了。”

在正规的电子出版物中，没有出现有关刘易斯提供体细胞和精细胞的消息报道，看来，已经得到消息的七名记者都十分慎重，毕竟这是非常具有爆炸性的新闻。费新吾又把目光转向“网络酒吧”，这是网友们随意交谈的地方。这里面关于谢豹飞的话题占了很大部分，那些终日沉迷于电脑的网虫都感受到了这则消息的震撼，对谢的天才表示了极大的敬意。还有不少女性在倾泻着自己的爱意。看着这些赤裸裸的爱情宣言，费新吾会心地笑了。他想这些姑娘、女士大概是没戏了。这两天田歌一直同谢豹飞泡在一起，他们的感情急剧升温。昨晚深夜，谢把田歌送回来，费新吾发现，姑娘眸子中的爱情之火是那样炽烈，目光所及，简直可以把窗帘烧着。田延豹摆出一副“老兄嫁妹”的苦脸，叹息道：“田歌已经‘目中无人’了，哪怕是面对着你，她的眼光也会透过你的身体射到远处去了！”

就在这时，他在屏幕上发现了一份特殊的短函。他一目十行地看着，目光逐渐阴沉，耳边又响起那个神秘人物的尖锐嗓音。正在床上闭目养神的田延豹突然听见啪的一声，是费新吾在猛拍桌子，他声音沙哑地说：“小田，你快来，看看这封信件，那条毒蛇又露出毒牙了！”

在向那座爱情要塞发起进攻之前，田歌已经抱定破釜沉舟的决心。但她没料到这座要塞竟然不攻而破，任由她的美艳之旗在城头猎猎飘扬。

从谢伯伯那儿要来谢豹飞的电话号码后，田歌努力提炼自己的信心，对自己的第一句言辞反复考虑，她要在中国姑娘的羞涩心许可范围内尽量大胆地进攻。但事件进展完全出乎她的意料。

当电话打通，两个头像同时出现在对方的屏幕上之后，谢豹飞脱口而出："我的上帝！"这句话是用英语说的，他随即转用汉语，"谢天谢地，我正发愁怎么在人海中找到你呢。你怎么知道我的电话号码？为了摆脱记者们的纠缠，这个号码是严格保密的。不不，你不用回答，"他笑了，"我更愿是冥冥中的上帝之力把你送到了我的身边。请问你的名字？"

田歌这才说出第一句话："田歌，田野的田，歌曲的歌。"

"美丽的名字。你能允许我去拜访你吗？我需要你。"

于是，两条爱情的溪流纳入一条河床，开始汹涌奔流。谢豹飞推掉了所有的应酬，小心地避开新闻记者的追踪，终日和田歌四处游玩。他的中国话非常地道，能够流畅地表达微妙的情感，这使田歌倍感亲切。他们一块儿欣赏希迈特斯山的朝霞、萨罗尼克湾的落日，参观白色的巴台农神庙、宙斯神庙和阿塔洛斯柱廊，到圣徒教堂里陪希腊正教徒一块儿作祈祷。雅典是一个浸泡在历史和神话中的城市，几乎每走一步都能踢到古希腊的尘埃。谢豹飞虽然只有二十五岁，但已经是个见多识广的成熟男人了。他为田歌讲解各个景点的历史，讲述奇异多彩的希腊神话，还不时加上一些个人的独特观点："希腊神话和东方神话不同，在古希腊人的神界里，同样有阴谋、通奸、乱伦、血腥的复仇、不计生死的爱情……一句话，希腊神话中还保留着原始民族的野性。对比起来，汉族神话未免太‘少年老成’了。”

这些话使田歌觉得新鲜，也有一点点惶惑。

几天下来，田歌已深深爱上了谢豹飞——当然她早就爱上了，两年前就爱上了。不过那时她爱的是一个偶像，现在爱的是一个活生生的人。她会痴迷地看着他强健的肌肉，流畅的身体曲线，潇洒剽悍的举止。他就像蛮荒之地的非洲猎豹，随时随地喷吐着生命的活力。

那天，他们在拉夫里翁的滨海公路上行驶，忽然一辆菲亚特紧紧追上来。谢豹飞放慢了奔驰的速度让他们超车，但两车并行后，那辆菲亚特并不急于超车，一个人从车窗里探出身子频频拍照。这是那些被称为“狗仔队”的讨厌记者，他们想抢拍百米飞人与新结识的情人的照片去卖个大价钱。谢豹飞愤怒地落下车窗，做手势让他们滚蛋。那个家伙不但毫不收敛，反倒趁着车窗落下的机会拍摄得更起劲了。谢豹飞勃然大怒，立即踩下刹车，让菲亚特超到前边，他从内侧超过去，猛打方向盘，狠狠撞击菲亚特的内侧。

菲亚特车内的人惊恐万状，田歌也急急地喊：“不要这样，豹飞，不要这样！”

谢豹飞两眼喷着怒火，毫不理会她的劝阻，仍是一下接一下地猛撞。那辆车最终躲闪不及，从路堤上翻下去，打个滚，四轮朝天地扎在河滩上。谢豹飞大笑着开车走了，田歌从后视镜里向后张望着，担心地问：“他们会不会有生命危险？停车看看吧。”

谢豹飞笑道：“这些狗仔的命长着哪，不管他！”

奥运会已近尾声，不少赛事已毕的运动员开始陆续离去。但费新吾和田延豹都闭口不提回国的日程，田歌知道他们的苦心，心中暗暗感激。

第五天早上，谢豹飞很早就来到普拉卡旧城区，把那辆豪华的奔驰停在狭窄的坡度很大的街道上。白色的建筑上爬满了爬墙虎和刺玫，到处是卖鲜花的小摊贩。他按响喇叭，很快一个白衣白裙的仙子在高处一个小旅馆的门口出现。她像羚羊一样踏着陡峭的石级，转瞬来到谢的身边。两人先来一个让人透不过气的长吻，而后田歌回身向旅馆方向招招手，她知道费叔叔和豹哥在窗户里望着她。

汽车开动后，她问："今天去哪儿？"

"去比雷埃夫斯港。我送你一件小礼物。"

比雷埃夫斯港桅墙如林，不少私人帆船或快艇麇集在一起，远远看去，像是挨肩擦背的天鹅。谢豹飞停下车，拉着田歌来到岸边，一艘形状奇特、浑身亮光闪闪的崭新游船停在那儿。船首上是 3 个新漆的中国字：田歌号。制服笔挺的船长在驾驶室里向他们行着注目礼。

田歌呆呆地看着谢豹飞，不敢相信这是真的。谢豹飞侧身说："请吧，'田歌'号的主人，这就是我送给你的小礼物。"

田歌踏上甲板时就像在梦幻中，谢豹飞详细为她解释着，说这艘船主要是以太阳能为动力，船中央那两个直立的异形圆柱是新式船帆，所以也可利用风力行驶。田歌痴迷地走过一个又一个房间，抚摸着亮灿灿的铜栏杆、一尘不染的墙壁、卧室中豪华的双人床，觉得心头过多的幸福直向外漫溢。她知道按西方礼节，受礼者不能询问礼品的价格，但她忍不住想问一问，按她的估计，它至少值 1000 万美元，豹飞可不要为它弄得破产！

谢豹飞理解了她的心思，轻描淡写地说：“耐克公司已把第一笔 3000 万美元划到我的账户上，我愿意为你把这笔钱花光。”

田歌着急地说：“千万不要！……我可是个节俭成性的中国女人，你这么大手大脚，我会心疼死的。”

谢豹飞笑着把她拥入怀中。两人的心脏怦怦地跳动着，炽烈的情欲在两个身体中间来回撞击。田歌从他怀中挣脱出来，笑着问：“启航吧，今天到哪儿？”

“到米洛斯岛吧，断臂维纳斯雕像就是在那儿发现的，我今天要给它送去一位活的维纳斯。”

说罢，两人的嘴唇又自动凑到了一块儿。

送走幸福得发晕的田歌，费新吾和田延豹继续研究那条毒蛇的毒牙。那封电子函件是这样写的——

……我一直奇怪，为什么一个黄种人选手在短跑项目中取得如此惊人的突破。要知道，相对于黑人、白人而言，黄种人的体能是较弱的，这不是种族偏见，而是实际存在的事实。这个事实很可能与蒙古人种数百年来普遍的贫穷有关。

不久前我得知一个事实，恰在鲍菲 · 谢出生前一年，美国马里兰州克里夫兰市雷泽夫大学医学院（谢的父亲谢可征教授正是该学院的资深教授）从田径飞人刘易斯身上提取了体细胞和精细胞。不久前，我的朋友、中国著名体育记者费新吾先生和短跑名将田延豹先生已就此事问过刘易斯先生，并得到后者的确认……

费新吾和田延豹都愤怒地骂道：“卑鄙！”

……当然，我们不相信鲍菲·谢是用黑人精子授精而产生的后代，因为他完全是蒙古人种的形貌特征，包括肤色、眼角的蒙古折皱、铲状门齿等。但是，如果了解谢可征先生的专业，也许能引起一些新的联想。谢教授是著名的生物学家和医学科学家，他领导的研究小组早已成功地拼装出了改型的人类染色体。这些半人造的染色体是为了医治某种遗传病症而制造的，是为了弥补人类遗传中出现的缺陷，为那些不幸的病人恢复上帝赐予众生的权利。不过，一旦掌握了这种魔术般的技术，是否有人会禁不住魔鬼的诱惑而去“改进”人类？这种行为本来是生物伦理学所严格禁止的，是对上帝的挑战。但据我所知，谢先生的心目中并没有上帝的位置。……

两人再次激愤地骂道：“卑鄙！十足的卑鄙！”

的确，这封电子函件的内容已经不仅是猎奇或哗众取宠，而是赤裸裸的人身攻击了。费新吾心情沉重地说：“小田，我们不能再沉默了，这些情况必须通知谢先生，让他当心这些恶毒的暗箭。也许，他能猜到这些暗箭是从什么地方射出来的。”

“对，马上给他打电话。”

谢先生的电话很快就打通了，费新吾小心地说：“你好，谢先生，最近忙吧，我和小田想去拜访你，最近我们听到了一些宵小之言，我想必须让你了解。”

谢先生的目光黯淡下来，“我知道你们的意思，我也看到了那封电子函件。不过你们来吧，我正想同你们聊一聊——不不，”他改变了主意，“我开车去接你们，然后找一个希腊饭店品尝希腊饭菜。我请客。”

谢教授把他的富豪车停在普拉卡区的一家老饭店前，饭店在半山腰，从窗户望出去可以俯瞰鳞次栉比的旧城区、弯弯曲曲的胡同和忙碌的人群。

当服装艳丽的男招待递过菜单，田延豹摆摆手，费新吾也笑着摇头道："雅典我倒是来过两次，却从来没有自己点过菜，还是谢先生来吧。"

谢教授没再客气，点了白烧鳕鱼加柠檬汁、番茄汁鲟鱼加香芹、茄子馅饼、鱼子酱和柠檬色拉，又要了一瓶茴香酒。三人边吃边聊，谢教授问："这些都是希腊风味的菜肴，味道怎么样？"

费新吾说不错，田延豹笑道："不敢恭维。我只要一出国，就开始馋北京的八宝酱菜、王致和臭豆腐和香喷喷的小米粥。"

三个人都笑起来。费新吾不想耽误时间，立即切入正题问："谢先生，你已经看过那封电子函件了，你能估计是谁搞的鬼吗？"

"毫无眉目。"

"也许是一个失败的心怀嫉妒的运动员？"

"不大可能。这个人对基因工程方面的进展似乎颇为熟悉，大概是学者圈子中的某人吧。"

费新吾小心翼翼地说："他信中暗示的可能性当然是胡说八道了，对吧？"

谢教授略为迟疑后才回答："当然。但是，我不妨向你们介绍一下这方面的最新进展。你们有没有兴趣？"

两人交换一下眼神，都表示乐意聆听。

谢教授饮了一杯茴香酒，略为整理思路后说："大家都知道，人类的基因遗传是上帝最神奇的魔术。科学家们曾做过估计，如果用非生物的方法制造一个婴儿，所花代价将是人类有史以来所创造财富的总和！但上帝是如何造人的？一个精子和一个卵子的碰撞，伴随着男人女人的爱情欢歌，一个新生命就诞生了。直到现在，尽管已在基因研究领域徜徉了40年，我对这种上帝的魔术仍充满畏惧之情。”

他停顿一下，接着说：“不过，日益强大的人类已经揭掉了这个宝藏的封条，开始剖析这个魔术的技术细节。现在，人类基因组标志工作已经全部完成，对其中百分之四十的染色体又排出了图谱、进行解析，掌握了这部分基因的功能。比如，医学科学家可以准确地指出各种致病基因的位置并去修正它们，像肥胖基因、耳聋基因、哮喘病基因、血友病基因、白血病基因……总之，现代医学已能用基因工程的办法治愈这些遗传病患者，使他们享受到健康的权利。

“但是，人类在获得健康上的平等后，还存在着体能上的不平等、智能上的不平等。比如，黑人肌肉中的红色纤维较多，这种纤维与白色纤维相比，不易产生乳酸，不易疲劳，因而黑人有更强的体育能力。如果把产生红色肌纤维的基因片段移植到白人和黄种人体内，就会使他们的体能大大提高，使各个种族在体能上趋于平等。从本质上讲，这样做只不过是用基因工程的微观办法代替异族通婚，按说它并不是什么大逆不道的行为。可惜，西方国家的科学界有一种根深蒂固的观点，认为这是向上帝的权力挑战；他们只允许补救上帝的不足，而不允许比上帝干得更好。所以，在正统的生物伦理学戒律中，这样干是违禁的事。”

费新吾和田延豹听得一头雾水，两人相对苦笑。“谢教授，我越听越糊涂了，我怎么觉得你的观点和那封诽谤信中的观点是完全一致的？”费新吾踌躇片刻后说，“坦率地讲，我从你的话中得出这样的印象：你认为用基因工程办法改良人类并不是一桩罪恶，甚至在悄悄地这样干了。但为了不被舆论所淹没，你在口头上不敢承认这一点。”

谢教授仰靠在椅背上，沉默很久才答非所问地说：“你们两位呢，是否觉得这种基因优化技术是一种罪恶？”

费新吾摇摇头，“我不知道，我已被你的雄辩征服了。但我是今天才认真思考这个问题，还不能得出结论。”

3 人陷入尴尬的沉默。透过落地窗，他们看到一辆黑色轿车开过来，停在饭店外，一名带着照相机的中年男子走下来，仔细看看谢教授那辆富豪车的车牌，随即兴奋地冲进饭店。

那名中年男子在人群中一眼看到了谢教授，立即对他拍了两张照片，然后把话筒递过来，用英语问道：“谢先生，我是加拿大 CBC 电台的记者。我已经看到了今天的美国《基督教科学箴言报》，知道谢豹飞先生实际上是你用基因改良技术培育出的超人，你能谈谈其中的详情吗？”

谢教授厌恶地看看他，不管他怎样哀求，一直固执地闭着嘴巴。费新吾走过去，用力推着那位记者，把他送出门外，回过头看见老人仍靠在椅背上一动不动。饭店里的顾客有不少懂英语的，他们都停下刀叉，把惊奇的目光聚焦在谢教授身上。田延豹探头看看门外，那个记者正和饭店的保卫人员在推搡，又有几辆汽车飞快地开过来，走下一群记者模样的人。他见状忙拉起老人，向侍者问清了后门在哪里，3 个人很快溜走了。

回程途中，3 人都沉默着。谢教授把两人送到旅馆，简短地说道：

“我要回去了，我想早点休息。”

两人与教授告别，看着那辆富豪开走。他们回到自己的旅馆，走进房间，先按下电话答录机的录音键，传来了田歌兴奋的声音：“费叔叔，豹哥：鲍菲给我买了一艘漂亮的游艇。我们准备在地中海好好玩3天。你们如果想回国的话，不必等我。这几天我不再同你们联系，为了避开讨厌的记者，这艘游艇上将实行严格的无线电静默。放心，我会照顾好自己，并守身如玉……”

虽然心绪繁乱，费新吾仍不由得哑然失笑。难得这个现代派女子还有这种可贵的贞节观，虽然他不相信在那样浪漫的旅途中，在仙境般的水光山色中，一对热恋的情人能够做到这一点。田延豹的目光明显变暗了，不高兴地摁断录音。

费新吾看看他，打趣道：“你干吗不高兴？算了，不必摆出一副老兄嫁妹的苦脸，早晚是人家的人。如果这段姻缘真的如愿，你也算尽到了当哥哥的责任啦。怎么样，咱们是否明天回国？我的荷包已经瘪了。”

田延豹犹豫片刻，“再等几天吧，田歌那边总得看到一个圆满的结局呀。”

“也好，其实我也想等几天，看看谢教授这儿还有什么变化。”

说起谢教授，费新吾立即从沙发上蹦起来，打开电脑，进入互联网络。直觉告诉他，那件事不会就此了结。果然，公共留言板上又有了一封信件，这是那个神秘人物的第3支毒箭。与这支毒箭相比，此前种种都不值一提了。他迅速看下去，头脑嗡嗡作响，血液猛劲上冲。田延豹见他满脸涨红，咻咻地喘气，在床上关心地问：“老费，你是怎么了？”

费新吾喘息着，手指颤抖地指着屏幕，“你来！你自己看！”

在我上封信披露谢可征教授的基因嵌接术之后，事情的真相已经逐渐明朗化。我的老友、正直坦诚的费新吾先生和田延豹先生当面质询了谢教授，后者坦认不讳。（田延豹恨恨地骂道：这个无赖！）但我刚刚发现其中另有隐情，我们几乎全被轻易地骗住了。在华裔智者谢可征先生的计谋中，我们表现得像一群傻子。这几天，我们似乎都忽略了一个很明显的问题：纵然是百米之王刘易斯的基因也不可能让鲍菲打破 9.5 秒大关，因为刘易斯先生本人也远未达到这个高度。

也许，谜底存在于另一桩事实中。我已经做过详细了解，26 年前向雷泽夫大学医学院提供体细胞和精细胞的并非刘易斯一人，还有体能远远超过刘易斯的另一位先生。这位先生的肌肉内含有较多的能量之源——线粒体，因而奔跑更为迅速。刘易斯先生的百米最高时速是四十多千米，而后者的瞬间时速可达 130 千米！

这位先生名叫塞普，来自非洲察沃国家公园。他的速度是所有哺乳动物中最快的。让我小心地把谜底揭开吧，塞普先生是一只凶猛剽悍的非洲猎豹！……

非洲猎豹！

非洲察沃国家公园的稀树大草原。在一米多深的硬毛须芒草和营草的草丛中，一头母猎豹逆着风悄悄向羚羊群接近。它已经怀孕了，一套有关四条小生命的复杂的链式反应已经启动，通过种种物理的、化学的媒介，表现为强烈的食欲。它急需补充营养。枯草丛后露出一只未成年的羚羊，它警惕地向四方睃视着，四条优雅的细腿随时准备跳蹿而去。母豹知道这只羚羊不是好的猎杀对象，它已足够强壮，很可能逃脱自己的利爪。但在饥饿的驱使下，它踌躇片刻，深深吸了一口气，突然猛扑过去。小羚羊及时发现了敌人，敏捷地逃走了。母猎豹全速追赶，距离越来越近。

但速度上逊于敌人的小羚羊自有天赋的本领，它灵巧地左蹦右跳，一次次从母猎豹的利爪下逃脱。双方的速度都开始减慢，小羚羊更甚，它的黑眼珠里已经有了恐惧，母猎豹确信下次的一扑将把小羚羊扑倒。就在这时，它听到了自己体内的警告。猎豹在追猎时是屏住气息的，就像人类的百米选手一样，现在那次深呼吸所得的氧气已经耗尽，它的血液不再能提供奔跑所需的巨大能量，再奔跑下去，它的心脏就要破裂……母豹只好收住脚步，塌肩弓背，凶猛地喘息着，眼睁睁看着猎物轻快地逃走。

只差 0.5 米，这 0.5 米是捕食者和被捕食者的生死线：或者羚羊被杀死，或者猎豹被饿死。母猎豹疲惫地久久注视着自己的猎物，在它的潜意识中，一定滋生了极其强烈的欲望：让自己跑得再快一点，再快一点点!

这头猎豹最终没有饿死，它就是塞普的母亲。没人知道这位母亲那一瞬间的强烈欲望是否也能通过染色体遗传给下一代。科学界公认的遗传变异规律，是说生物基因只能产生随机性的变化，被环境汰劣取优，从而使生物一点点向优良性状进化。这种盲目进化的观点未免不大可信。不妨考虑爬行动物向鸟类的进化。在盲目的随机的变异中，怎么能“恰巧”进化出羽毛、龙骨突、飞行肌等变异基因？即使能够，无数变异性状进行纯数学的排列组合，得出的也将是天文数字，它不可能在有限的地质年龄中一一得到验证和取舍。

也许某一天科学家们会发现，生物强烈的求生欲才是遗传变异的指路灯，它在冥冥中引导染色体做“定向”的而不是盲目的变异：使渴望奔跑迅速的兽类变得四肢强健，使渴望飞翔的爬虫变异出羽毛，使渴望游泳的哺乳动物变异出尾鳍……

也许，嵌入谢豹飞体内的、片断的猎豹染色体也能传递一定的欲望？

非洲猎豹！

费新吾和田延豹沉重地喘息着，互相躲避着对方的目光，一种冷酷滞重的氛围渐次升起。他们几乎同时认识到，尽管这个神秘人物心理阴暗，几近无赖，但他指出的极可能是事实。在那位远远超越时代的、生命力强盛的短跑之王身上，也许真的嵌入了猎豹的基因片段。对这个结论，至少费新吾不感到意外，这些天他已通过网络查阅了大量有关基因的资料。DNA 是上帝的魔术，但任何魔术实际上只是充分发展的技术——尽管这些技术十分精细十分神秘，但终究是人类可以逐渐掌握的技术。而掌握了基因技术的人类将成为新的上帝，随心所欲地改良上帝创造的亿万生灵——包括人类自身。

他在脑海中历数二三十年来基因工程技术的神奇发展：

早在上个世纪末，科学家就定位了果蝇的眼睛基因，并能够随心所欲地启动这个基因，在果蝇身上或翅膀上激发出十个八个眼睛。他们还发现，地球上所有有眼生物的成眼基因都是十分近似的，是从一个原始基因变化而来。所以，从理论上说，完全可以在人类的额角或后脑勺上激发出第三只眼睛，就像对果蝇已经做的那样。科学家们至今没有做到这一点，仅仅是因为他们“不愿”去做。

上个世纪末，美国俄亥俄州凯撒西储大学的研究小组已经能制造“浓缩”的人体染色体，他们把染色体中的废基因剔掉，将有效基因融合或聚合，得到只有正常染色体长度十分之一的、功效相同的染色体。

更早一点，瑞典隆德大学的一个研究小组将细菌血红蛋白基因移入烟草，英国爱丁堡罗斯林研究所将人的血红蛋白基因移入绵羊，以这种羊奶治疗人类的血友病；将人类抗胰蛋白酶植入绵羊，以治疗人类的囊性纤维变性。上述技术早已进入工业化生产。

21 世纪初，医生们已不必再走这样的弯路，他们已经能将上述基因直接嵌入先天缺损的病人体内。

……

人类已经接过了上帝的权杖，还有谁能限制他使用这根权杖？

费新吾不是上帝的信徒，没有宗教界人士对基因技术的深深恐惧。对于他们来说，基因技术比哥白尼的“日心说”、达尔文的“生物进化论”更要凶恶千百倍。

费新吾也不是生物学家，对生物伦理学知之甚少，因而也没有生物学家那种“理智”的担心。他们一方面兢兢业业地开拓基因工程技术，一方面对任何微小的进展都抱有极大的戒心，生怕一条微裂纹会导致整个生命之网的崩裂。

所以，从理智上说，他并不认为这是大逆不道的恶行。但他心中仍有隐隐的恐惧，说不清道不明的恐惧，他的脊背上掠过一波又一波的冷战。

电话铃一遍又一遍地响着，谢教授的房间里没人。

网络中的报道几乎与事实同步：

短跑之王、豹人鲍菲·谢已经神秘失踪 3 天了。

鲍菲父亲谢可征教授昨日神秘失踪。

世界发疯了。

罗马教廷发言人：事态尚未明朗，教皇不会匆忙表态。但教廷的态度是一贯的，我们曾反对试管婴儿和克隆人，更不能容忍邪恶的人兽杂交。愿上帝宽恕这些胆大妄为的罪人。

以色列宗教拉比：犹太教义只允许治愈人体伤痛，绝不能容忍亵渎神的旨意，破坏众生和谐与安宁。

伊朗宗教领袖：这个邪恶的巫师只配得到一种下场，我们向安拉起誓，我们将派十名勇士去执行对罪犯谢可征的死刑判决，不管他藏到世界哪一个角落。

雷泽夫大学医学院发言人：我们对社会上盛传的人豹杂交一无所知。如果确有其事，那纯属谢可征教授的个人行为。我们谨向社会承诺：雷泽夫大学不会容忍这种欺骗行为。

中国科学院遗传研究所发言人：谢可征教授是我们很熟悉的、德高望重的学者，我们不相信他会做出这样轻率的举动。对事态发展我们将拭目以待。

本届奥运会男子百米银牌得主、尼日利亚选手埃津瓦：我不知道深奥的基因技术能不能做到这一点，但我早对鲍菲·谢异乎寻常的成绩有所怀疑。如果不幸是真的，我会把自己的银牌扔到垃圾箱里。想想吧，如果今天允许一个嵌着万分之一猎豹基因的“人”与我们同场竞技，明天会不会牵来一只嵌有万分之一人类基因的四条腿的猎豹？

“费先生，田先生，我是澳大利亚《堪培拉时报》的记者。请问那位在互联网络公共留言板上披露这则惊人内幕的先生是谁？”

“无可奉告。”

“为什么？他多次宣称你们是他的挚友。”

“无可奉告。”

“他是否提前向你们透露了这则消息？你们是否当面质询过谢可征教授？”

“无可奉告。”

“那么田先生，令妹此刻是否正与鲍菲·谢在一块儿？他们目前躲在什么地方？我们已买到一些照片，足以证明两人之间的亲密关系。”

“滚！”

晚上，两人仍然同室而眠。田延豹曾戏谑地说：“侍者一定把咱们当成同性恋了。”不过今天他没心戏谑了，只是久久地盯着天花板，烟卷在唇边明明灭灭。很久以后他终于开口：“老费，明天我要出去找田歌。我不放心她和那人在一起。”

费新吾早就知道，田延豹和堂妹的感情极为深厚。他勉强开玩笑说：“不必顾虑太多，即使谢豹飞身上嵌有猎豹基因的片段，他仍然是人，而不是一头豹子。”

“不管怎样，我要尽力找到她。”

“你到哪儿去找？”

“尽力而为吧，那么大的一条游艇，不会没有一点踪迹。”

费新吾沉吟着，他想陪小田一块去，又觉得不能离开此地。田延豹猜到了他的想法，说：“老费你留在这儿，我会经常同你联系，一旦田歌同这儿通话，请你立即把她的地址转给我。另外，也许谢教授会同你再度联系。”

“那好吧，就这样安排。”

三

第二天一早，田延豹就乘车去比雷埃夫斯港。港口船舶管理局的一名职员接见了他。那人叫科斯迪斯，大约五十岁，身体健壮，一脸黑中夹白的络腮胡子。田延豹问：“科斯迪斯先生，请问最近是否有一艘游艇在这儿注册？游艇的主人是鲍菲·谢，美国人。请你帮我查一下。”

科斯迪斯惊奇地回答：“鲍菲·谢？就是人人谈论的那个豹人？不，没有，如果他在这儿注册，我一定会记得。”

“也许他是以田歌的名字注册。”

科斯迪斯立即说：“有！有一艘最新式的太阳能金属帆游艇，船名就叫‘田歌’号，是利物浦船厂的产品。三天前，不，四天前在这儿注册。”

“这艘游艇目前在哪儿？我的堂妹田歌告诉我，为了躲避记者，船上将实行无线电静默。但我急于找到它，我有十分重要的事。”

科斯迪斯笑道：“这不难。如今的船上都有黑匣子，持续向外发出无线电脉冲，以便卫星定位系统能随时对每一艘船精确定位。我来帮你查一下。”

“太感谢你了。”

科斯迪斯向利物浦船厂查询了该船的无线电脉冲参数，接着又同全球卫星定位系统联系。卫星很快给出回答：“田歌”号目前正泊在克里特岛的伊拉克利翁港口。科斯迪斯兴致勃勃地查找着——查到豹人的下落并不是每个人都能碰上的运气，他可以拿这则消息去卖一个大价钱。

田延豹问明后由衷地一再表示谢意，临走时犹豫了一会儿，才又启齿道：“科斯迪斯先生，我还有一个冒昧的请求：能否请你为‘田歌’号的方位保密？你知道，我妹妹是鲍菲·谢的恋人，她现在并不知道所谓豹人的消息。我想慢慢告诉她，使她在心理上能够有所准备。”

科斯迪斯原打算送走这个中国人就去挂通电视台的电话，但来人的恳求打动了他的心，他只迟疑了一下，便爽朗地说：“好，我会用铅封死这个爱饶舌的嘴巴。祝你和那位小姐好运，你是一位难得的好兄长。”

“谢谢，我真不知道怎样才能表达我的感激。”

这些天，费新吾一直把自己关在屋子里，一边焦急地等待着田歌和谢教授的消息，一边努力查找和浏览有关基因工程的资料。他感慨地想，他早就该学一点基因工程的知识了。过去他总认为那是天玄地黄的东西，只与少数大脑袋科学家有关，只与科幻时代有关。他没有想到在如此短暂的时间里，它就会逼近普通民众的身边。上午他接到田延豹的电话："老费，查询很顺利，我已得知这艘船泊在克里特岛的伊拉克利翁港。我正在联系一架水上飞机赶到那儿，届时我再同你联系。"

从屏幕上看，田延豹的表情比昨天略显轻松一些，费新吾也舒了口气。挂上电话，他回头坐到电脑前查了一会儿，电话铃又响了。拿起话筒，屏幕仍是关闭状态，他马上猜到了对方是谁。果然，他听到了那个尖锐的、让人生理上感到烦躁的声音，不过这次对方使用的是汉语："费先生和田先生吗？还记得我吧，我说过要同你们联系的。"

费新吾又是鄙夷又是气恼地说："我也正要找你呢，你在电子函件中说了不少不负责任的话。"

那人笑道："我知道我知道，非常抱歉，我想以后你会谅解我的苦心。你愿意同我见面吗？我会把此事原原本本地告诉你。"

费新吾没有犹豫："好的，我们在哪儿见面？"

"到奥林匹亚的宙斯神殿吧。"

"奥林匹亚？那儿距雅典有 6 个小时路程呢。"

"对，那样才能避开记者的耳目。另外，我很想把这次意义重大的谈话放到一个合适的历史背景中。奥林匹亚是奥林匹克运动的发祥地，那儿的宙斯神殿可以说是西方神话的源头。我想，万神之王一定会乐意聆听我们的谈话。晚上 6 点在宙斯神像下见面吧。再见。"

放下电话，费新吾不由得沉吟起来。电话中仍是那个神秘人物的声音，但似乎那个人变了，自信，从容，上帝般地睥睨众生。这究竟是怎么回事？他急于见到此人，揭开这折磨人的秘密。

费新吾走前，没忘在录音电话中给田延豹留话：“小田，我去赴一个重要约会，今天不能赶回来了。你那儿如有进展，明天中午给这儿打个电话。我会及时从那儿往旅馆打电话索取你的留言。”

他匆匆披上一件风衣，租了一辆雷诺牌轿车，立即向伯罗奔尼撒半岛的皮尔戈斯城方向开去。

奥林匹亚是最能引发黍离之思的地方。这儿是历史和神话古迹的存放所，巍峨壮观的体育馆、宙斯祭坛和赫拉神殿都已塌裂。这些建筑中以宙斯神殿最为雄伟，它建于公元前 468 至前 457 年，是典型的多利克式石柱风格。殿内高大的宙斯神像，左手执着权杖，右手托着胜利女神。人们走进神殿时，眼睛恰与宙斯的脚掌平齐，这个高度差形象地表现了那时人类对众神的慑服。

但这个世界七大奇观之一的神像早已不复存在，它被罗马的征服者运走并在一场大火中毁坏。费新吾走进大殿，只看见了残破的基座和横卧的石柱，他想，也许这正象征着众神在人类心目中的破落？

落日的余晖洒在残破的巨型石柱上，为这片属于历史和神话的场所涂上庄严的金粉。穿着鲜艳民族服装的希腊儿童在石柱间玩耍，手里拿着一种叫“的的乌梅梅利”的冰淇淋。费新吾看到一辆富豪车停到停车场里，一个老人下车，匆匆走进神殿，他不由得大吃一惊——那正是失踪了 3 天的谢教授。

费新吾犹豫了几秒钟。因为牵涉同那个神秘人物的约会，他不知道这会儿该不该同教授打招呼。但他随即想到，谢教授恰在此时此地出现，绝不会是巧合，很可能也是那个神秘人物约来的，与今晚的谈话有关。于是，他迎上去唤了一声：“谢教授！”

谢先生并没有显出丝毫惊奇，看来，他果然知道今天的约会。他微笑着同费新吾握手，手掌温暖有力。费新吾细细端详着他。这是一个超越时代的强者，他只手掀起了这场世界范围的风暴，也几乎成了世界公敌。但从他的表情中看不出这些，他的目光仍是过去那样从容镇定。

教授微笑道：“你早到了？”

“不，刚到。”

教授点点头，转身凝望着夕阳，“多壮观的爱琴海落日。在这儿，连夕阳的余晖里也浸透了历史的意蕴。”

费新吾不想多事寒暄，他直截了当地问：“你知道今晚的约会？你知道那个可恶的神秘人物是谁吗？”

谢教授微微一笑，拉着他走到宙斯神像台基附近的一个僻静处。他从口袋里掏出一个微型录音机，按一下按键，里边立即响起那个尖锐的声音：“你愿意同我见一次面吗？我会把此事原原本本地全部告诉你。”

费新吾顿时惊呆了：“是你？那个神秘人物就是你？”

谢教授平静地说：“对，是我，我使用了简单的声音变频器。很抱歉，这些天让你和田先生蒙在鼓里。但听完我的解释后，我想你能谅解我的苦心。”

费新吾脸色阴沉，一言不发，他恨自己的愚蠢，他早该看透这层伪装了，但在感情上，他顽固地不愿承认这一点。他无法把自己心目中“明朗的”、令人敬重的谢教授同那个“阴暗的”、令人厌恶的神秘人物叠合在一块儿。过了很久，他才声音低沉地问："那么，飞机上的邂逅也是预先安排好的？"

"对，我一直想找一张'他人之口'来向世界公布这个成果。这人应该是一个头脑清醒、没有宗教狂热和禁忌的人，应是生物学界圈子之外的人，应同体育界有一定渊源并且事发时最好正在雅典奥运会上。还有一点不言自明，这人最好是我的中国同胞，是一个中庸公允的儒者。去雅典前，我特意先到北京去寻找这个人，我很快发现你是一个完美的人选，所以我未经允许就把你拉到这场风波中了。务请谅解，我当时不可能事先公布我的计划，因而不可能征询你的意见。"他稍停顿了一下，"我在两封电子函件中说了一些不合事实的话，也是想尽量树立你的权威发言人地位。这个身份以后会有用的。"

此前的交往中，费新吾一直很尊敬谢教授，但在两个真假形象叠合之后，他不自觉地产生了疏远和冷淡。他淡淡地说："可能我并没打算当这个发言人。"

"当然，等我把真相全部披露后，要由你自己做出决定。田先生呢？"

"他找田歌去了。教授，请讲吧。"

谢教授微笑道："实际上，我已经把真相基本上全倒给你了。我之所以把此事的披露分成人工授精——嵌入人类基因——嵌入猎豹基因这样三个阶段，只是想把高压锅内的过热蒸汽慢慢泄出来。即使这样，这次爆炸仍然够猛烈了！"他开心地笑起来。

费新吾皱着眉头问："谢先生，你真的认为人兽杂交是一种进步或是一种善行？"

教授笑道：“人兽杂交，这本身就是一个人类沙文主义的词汇。人类本身就诞生于兽类——回忆一下达尔文在揭示这个真理时曾遭到过多少人的切齿痛恨吧！人体与兽体有着千丝万缕的联系。追溯到细胞水平，所有动物（包括人类）都是相似的，更逞论哺乳动物之间了。在DNA中根本无法划定一条人兽之间的绝对界限。既然如此，坚持人类隔离于兽类的纯洁性又有什么意义呢？”

他停了停，接着说：“当然，这种异种基因的嵌入并非没有一点副作用。生物圈是一个极其复杂的立体网络，任何一个微裂缝都能扩展开去。但我想总得有人走出第一步，然后再去观察它引起的震荡：无论是积极的还是消极的，然后再决定下一步如何去做。我很高兴你是一个圈外人，没有受那些生物伦理学的毒害，那都是些逻辑混乱、漏洞百出、不知所云的东西。科学所遵循的戒律只有一条：看你的发现是否能使人类更强壮、更聪明，使人类的繁衍之树更茂盛。你尽可拿这样的准则来验证我的成果。”

费新吾几乎被他的自信和雄辩征服了。谢教授又恳切地说：如果你决定开口说话，我并不希望你仅仅当我的代言人。你一定要深入了解反对我的各种观点，尽可能地咨询各国的生物学家、社会学家、人类学家和未来学家，甚至包括神学家和生物伦理学家，再由你做出独立的思考，然后把你认为正确的观点告诉世人。你愿意这样做吗？”

费新吾对他的建议很满意，立即回答：“我愿意。”

“好，谢谢你的社会责任感。”谢教授自信地说，“我相信一个头脑清醒、中庸公允的儒者会得出和我一样的结论，当然现在没必要谈这一点。一会儿我会交给你10张光盘，有关的资料应有尽有。”

费新吾说：“你能否用尽量浅显的语言，向一个外行解释一下，怎样把外来基因嵌入到人类基因中？”

教授微笑道：“并没有人们想象的那么难。你要知道，归根结底，基因是无生命物质靠‘自组织’的方式诞生的，所以基因之间的联结‘天然地’符合物理化学规律。染色体有 3 个主要部分，两端是端粒，它们就像鞋带两端的金属箍，作用是防止染色体之间互相发生融合；中间是可以复制的 DNA 短序列；另外还有被称作‘复制起源’的 DNA 序列，它负责发动染色体的复制。上个世纪末，科学家就多次做过试验：把端粒去掉，再把剩余的染色体分成数段，放在合适的环境中，这些染色体片段又会精确地按照原来的顺序结合起来。猎豹和人类同属哺乳动物，各自控制肌肉生长的基因非常相似，所以相互置换是很容易的。”

他大致讲述了基因嵌入的具体过程，问：“顺便问一句，鲍菲仍同田歌在一块儿吧？”

费新吾吃惊地问：“这些天他同你也没有联系？”

“没有。我事先曾嘱咐他必须随时同我保持联络，但整整四天了，他没有这样做。恋人在怀，老爹就抛到脑后了。”他笑道。

费新吾却笑不出来，他的心一沉，问：“谢夫人知道儿子的秘密吗？”

“知道。除我之外，她是唯一的知情人。鲍菲本人并不知情。”

“这些天谢夫人没来电话？”

“没有。”

费新吾的心又是一沉。沉默片刻，他觉得最好还是直言相告：“那么，难道你们两人都没有想到，这几天已经披露的真相，至少是揣测，会对豹飞造成多大的心理压力？你们两人都没有设身处地为他想一想？”

谢教授的脸红了，目光中也有了一些惶惑，他勉强笑道：“谢谢你的提醒。他目前在哪儿？”

费新吾告诉他，“田歌”号游艇正泊在克里特岛的伊拉克利翁港，估计田延豹这时早与他们会合了。谢教授说：“去饭店休息吧，我已预订了两间套房。到那儿后我再通过希腊政府的熟人同儿子联系，明天早上我们赶过去。”

开车去饭店的路上，两人都陷入自己的心思，没有多交谈。费新吾苦笑着想，看来，他已无意中看到了这项技术的第一个副作用：谢氏夫妇对儿子似乎没有多少亲情，谢豹飞只是他们的一个实验品，而不是他们的嫡亲儿子。在保护儿子的隐私和炫耀成功两者之间，谢教授选择的是后者。如果说当父亲的天生粗心，当母亲的也该想到啊。

饭店十分豪华，凭栏俯视，室内游泳池碧波荡漾。房间墙壁是灿烂的金黄色，挂着用紫檀木框镶嵌的杭州丝绣，地上铺着法国萨冯纳利地毯，天花板上悬着巨型镀金水银灯。卧室也相当宽敞。费新吾无心体会这些富贵情趣，他立即向雅典的那个旅馆挂了电话，录音电话中仍是自己当时的留言，田延豹竟然未同他联系，这是不太正常的，按时间他早该同田歌会合了。

会不会出了什么意外？虽然他一再宽解自己的多虑，但心中的忐忑却驱之不去。他在豪华的雪花石浴盆里匆匆冲了澡，然后摁灭壁灯，躺在床上。

他刚蒙眬入睡，忽听一阵急促的敲门声，一个人扭开房门进来。是谢教授，他的面色苍白，虽然还维持着表面的镇定，但已经不是那个从容自信、有上帝般目光的谢教授了。费新吾的心跳加快了，急忙问："出了什么事？"

谢教授简单地回答："凶杀。官方已经派直升机来接我们过去，飞机马上就到。"

费新吾匆匆穿上外衣，追问道："是谁被害？"

"田歌和鲍菲，两人都死了……田先生……已被拘留。"

这几天，"田歌"号几乎游遍了爱琴海的每个角落，穿行在历史与神话、海风和月光中。船上实施着严格的无线电静默，甚至连电视都基本不看，所以外界的风暴丝毫没有影响船上的伊甸园气氛。美轮美奂的游艇，强健美貌的恋人，细心的希腊女仆……田歌过的是公主般的生活。她出生在一个相当富裕的中国家庭，被父母捧在手心里长大，但这些天她才知道了"富裕"和"豪富"的区别。

上船的第一天，田歌偎在鲍菲怀里，在他耳边轻声说："鲍菲，我的心早已属于你了。正因为我爱你太深，我想提出一个要求，你能答应吗？"

"你说吧，我一定答应。"

田歌羞涩地说："我不是个守旧的女人，可是我想守住我的处女宝，直到我结婚的那一天。请你成全我的心意，好吗？"

谢豹飞高兴地答应了，这话正合他意。在潜意识中，他一直希望把这一天尽量往后推，他想起温哥华的那个黑人妓女，想起自己在旧金山、香港和曼谷的几次艳遇。那几次男欢女爱的结局都是狂乱的，轮廓模糊的。他不明白为什么在每次性高潮后，尤其是闻到血腥味后，他血液中的狂暴就会迅速膨胀，完全冲溃了理智。现在，面对着像薄胎瓷器一样美丽脆弱的田歌，自己会不会再次陷入那种癫狂?

这些天他的表现完全是一个地道的绅士，白天他们尽情玩耍，晚上则相互吻别，各回各的房间。能做到这一点并不容易，终日耳鬓厮磨，他体内的情欲之火日渐炽烈。在拥抱中，田歌能感觉到这个男人变硬的肌肉，每一次无意的碰撞都能激起神经质的战栗。有时，田歌禁不住暗自想:“要不就放纵一次？”不过她总能及时收敛心神。

这天晚上两人吻别后，田歌躺在那张极宽敞的双人床上，凝视着窗外的圆月。今天正是月圆之夜，她几乎能听到月球引力在自己体液中激发的潮汐声。现代人类学的研究复活了古代的天人感应思想，比如人们发现，妇女经期就与月亮盈亏有直接的关系。在大洋洲及南美洲的一些原始部落里，妇女的经期严格遵照月亮的时刻表：满月时排卵，新月时来经。现代人已被房屋和灯光隔断了与月亮的天然联系，不过人类学家做过实验，让城市妇女睡在一间按月光调节灯光的屋内，半年后她们竟完全恢复了自然经期。人类学家还证明，满月会引起大脑左右半球电磁压差的显著变化，因此，在满月期间，狂躁病患者、癔病患者、梦游症患者发病的可能性会增大。

田歌不知道该不该把责任推给满月。但无论如何，今晚她体内的情欲之河比往日更加汹涌澎湃。她眼前一直晃荡着那具猎豹一样刚劲舒展的躯体：宽阔的肩头，修长强健的双腿，微凹的腰弯，凸起的臀部……随着她的回味，心底会泛起一波波的震颤。她终于克制了自己的欲望。透过窗户，她忽然看见恋人的身影，他正倚在栏杆上，仰着脸呆呆地看着月亮。田歌悄悄开门出去，从后边揽住他的腰部。这次谢豹飞没有热烈地拥抱她，他的身体显得非常僵硬，只定定地盯着满月，像是在竭力回忆一个前生之梦。他的嘴里有很浓的威士忌的味道。田歌探头看看，发觉他的表情似乎在生气，也许是为了自己的拒绝？她温柔地说："天晚了，回去休息吧。"

她调皮地把情人推回他的房间，与他再次吻别，回到自己的床上。半个小时后，刚刚入睡的田歌被门锁的扭动声惊醒了，赤身裸体的谢豹飞披着月光走进了她的房间。田歌面庞发烧，忙起身为他披上一件浴袍。谢豹飞顺势把她紧紧搂在怀里，他的肌肉深处泛起不可抑止的震颤。在这一瞬间，田歌再次泛起那个念头："要不就放纵一次？"但她仍克制住自己，柔声哄劝道："鲍菲，你答应过的，请你成全我的愿望，好吗？"

没有回答。田歌突然发觉恋人变了，他的目光十分狂热，没有理性。他抽出右手，一把撕破田歌的睡衣，裸露出浑圆的肩头和一只乳房。

田歌怒声喝道："豹飞！……"她随即调整了情绪，勉强笑了笑，"豹飞，你是不是喝醉了？我知道这几天你一定很难受，你冷静一点儿，好吗？我们坐下来说话，好吗？"

谢豹飞仍一言不发，毫不费力地一把拎起田歌，大踏步地走过去，把田歌重重地摔到床上，然后哧拉一声，把她的睡衣全部扯掉。

田歌勃然大怒，抓起毛巾被掩住身体，愤怒地喊："豹飞！……你把我当成什么人了？娼妓？女奴？"

谢豹飞又一把扯掉毛巾被，把田歌按在床上，绝望的田歌抽出右手，狠狠地给了他一记耳光。这记耳光似乎更激起了谢的兽性，他贪婪地盯着月光下白皙诱人的躯体，喉咙里咻咻地喘息着，扑了上去。

他很快压制了田歌的反抗，半个小时后，他才支起身体。身下的田歌早已停止了挣扎，头颅无力地垂在一旁，长发散落在雪白的床单上，下体浸在血泊中，散发着浓重的血腥味。谢豹飞并未因兽欲已经发泄而清醒，血腥味刺激着他的神经，在他意识深处唤起一种模糊的欲望：他要咬住这个漂亮的脖子，体会牙齿间咀嚼的快感。

全身的血液一阵又一阵凶猛地往上冲，在癫狂中他嗬嗬地笑着，低下头咬紧猎物的颈项……

田延豹租用的水上飞机溅落在“田歌”号附近的水面上。他发觉情况异常，一架警用直升机落在这艘游艇上，警灯不停地闪烁着。警察的身影在艇上来回晃动。一艘快艇驶过来，靠近他的水上飞机，一个长着黑胡子的希腊警察在船舷上大声问他是谁，来这儿干什么。然后他用无线报话器同上司交谈了两句，探过身大声喊着：“请田先生上船吧！”

田延豹交代飞机驾驶员停在此地等他，急忙跳到船上，他心中那种不祥的预感更强烈了。他急急地问：“先生，出了什么事？田歌还好吗？”

这位警察一言不发，仔细地对他搜了身，带他来到游艇。在餐厅里，警官提奥多里斯更加详细地询问了他的情况，尤其是追问他为什么“恰在这时”赶到凶杀现场。田延豹的眼前变黑了，声音喑哑地连声问：“是谁被害了？是谁？”

提奥多里斯遗憾地说：“是田小姐被害，凶手已被拘留。是船上的女仆发现的。可惜我们来晚了，你妹妹是一个多可爱的姑娘啊。”

提奥多里斯警官带他走进那间豪华的卧室，蜡烛形的镀金吊灯放射着柔和的金辉，照着那张极为宽敞、洁白松软的卧床。那本该是白雪公主才配使用的婚床，现在，田歌却躺在白色的殓单下面。田延豹手指颤抖着揭开殓单，田歌的头无力地歪着，黑亮的长发散落一旁，脖颈处有两排深深的牙印，已经变成了紫色的淤斑。她眉头紧皱，惨白的脸上凝结着痛苦和迷惘。也许她至死都不明白命运之神为何对她如此残酷，为何她挚爱的恋人会这样残忍。

再往下是赤裸的肩头，田延豹不忍再看下去，轻轻地放下殓单，声音嘶哑地说："替她穿上衣服吧，她不能这样离开人世。"

警官同情地看看他，点头应允，退出房间，让希腊女仆过来帮忙。

收拾完毕，田延豹走出停灵间，他问提奥多里斯警官，凶手在哪儿，他想同对方谈一谈。他苦笑道："放心，我不会冲动。告诉你，我也是曾杀入世锦赛百米决赛的运动员，我想以同行的身份同他谈一谈，以便妥善了结此事。"

提奥多里斯犹豫片刻后答应了，带他走进隔壁的房间。谢豹飞被反铐在一张高背椅上，头发散乱，脸上有血痕，赤裸的身上披着一件浴衣。警官告诉田延豹，他们赶到时，谢豹飞精神似已错乱，绕室狂走，完全没有逃跑的打算，不过警察在逮捕他时经历了相当激烈的搏斗。警官小声骂道："这杂种！真像一头豹子，力大无穷。"

田延豹拉过一把椅子坐在他的面前，冷冷地打量着他。凶手紧咬着牙关，嘴巴残忍地弯成弓形，目光空洞狞厉，丝毫没有理性的成分。

田延豹冷冷地说："谢先生认出我了吗？我是田歌的堂兄，也是一名短跑选手。小歌是我看着长大的，看着她从一个娇憨的步履蹒跚的小丫头，长成快乐的豆蔻少女，又长成玉洁冰清的美貌姑娘。我总是惊叹，她是造物主最完美的杰作，集天地灵秀于一身。坦白地说，没有哪个男人不会对她产生爱慕之心。但我不幸是她的堂兄，只好把这种爱慕变成兄长的呵护，小心翼翼地守护着她，不让她受到一丝伤害。后来她遇上了你，我庆幸她遇见了理想的白马王子，我这个兄长可以从她的生活中退出来了。但是……”

在他沉痛地诉说时，提奥多里斯一直鄙夷地盯着谢豹飞，他看出田先生沉痛的诉说丝毫未使那个杂种受到触动，他的目光仍是空洞狞厉。田延豹停顿下来，艰难地喘息着，忽然爆发道：“我宰了你这个畜生！”

他猛地一下扑了过去，精神迷乱的谢豹飞凭本能做出反应，敏捷地带着椅子蹿起来，但手铐妨碍了他的行动，在0.1秒的迟缓中，田延豹已经掐住他的脖子，两人连同椅子訇然倒在地板上。提奥多里斯和另一名警察先是一愣，因为田延豹一直在“冷静”地谈话，没料到他会突然爆发。随即他们立即跳起来，想把两人拉开。但田延豹的双手像一把铁钳，两个人无论如何也拉不开。眼看谢豹飞的脸已经变色，瞳孔已经开始发散，提奥多里斯只好用警棍对田延豹的脑袋来了一下。

田延豹休克过去了，两名警察这才把他的双手掰开。谢豹飞卡在椅子中间，头颅以极不自然的角度斜垂着，就像一株折断了的芦苇。提奥多里斯急忙试试他的鼻息，翻看他的瞳孔——他已经死了，他是被高背椅硌断了脖子。提奥多里斯懊丧地向警察局通报了这个情况。

两个小时后，又一架直升机悬停在游艇上空。游艇上已经没有可停机的空地，所以直升机悬停在空中，放下一架软梯，费新吾和谢可征从软梯上爬下来，旋翼气流猛烈地翻搅着他们的衣服。当他们站在两具尸体前时，谢教授努力克制着自己没有失态，只有手指在神经质地抖着。

四

对田延豹的审判在雅典拉萨琼法院举行，能容纳300人的旁听席里座无虚席。这是一桩十分轰动的连环案，其中身兼凶手和被害人双重身份的鲍菲·谢既是百米王子，又是世界上第一位“豹人”，这自然引起新闻界极大的关注。田歌小姐虽然没有什么知名度，但这些天通过报纸电台的宣传，包括展示那些偷拍的热恋镜头，美貌的田歌已成了公众心目中最纯洁可爱的偶像。这种情绪甚至压倒了谢豹飞的名声，对田延豹的量刑无疑是有利的。

大厅中有一块地方专门辟为记者席，各国记者云集此地，有美联社、路透社、共同社、俄通社……自然也少不了新华社。不过，由于凶手和死者都是中国人或华裔，这种情形对中国记者来说多少有些微妙，所以他们小心地保持着同其他记者的距离，沉默着，不愿与同行们交谈。

审判厅前方的平台上放着3把黑色的高背皮椅，这是3名法官的座席。平台前边是证人席，小木桌上放着一本封皮已旧的《圣经》。左面是被告席，田延豹已经入席，他显得十分平静超脱，给别人的强烈印象是：他心愿已毕，以后不管是上天国还是下地狱都无所谓了。

费新吾坐在旁听席的第一排，一直同情地看着他，眼前不时闪过田歌的倩影，笑靥如花，俏语解人，水晶般纯洁……有时他想，换了他在场，照样会把那个该千刀万剐的凶手掐死！他收回目光，扫了一眼前排的一个空位，那是谢先生的位置，大概今天他不会来了。

那天他们赶到“田歌”号游艇，目睹了一对恋人惨死的场景。作为凶手的田延豹没有丝毫歉疚，目光炯炯地盯着死者的父亲；作为苦主的谢教授反倒躲避着他的盯视，只是失神地看着死去的儿子。田延豹被押走后，费新吾陪教授到岛上开了一间房间，他想尽量劝慰这个被丧子之痛折磨的老人。

谢教授沉默着，步履僵硬。等侍者退出房间，教授痛心地说：“都怪我啊，没有及早发现豹儿是个虐待狂症患者，以致酿成今天的惨剧。”

费新吾心中渐次升起复杂的情感：怜悯、鄙夷夹杂着愤恨，因为他十分清楚谢教授的这个开场白是什么动机。他冷淡地问：“谢豹飞仅仅是一个虐待狂？”

“对，美国是一个奇怪的社会，性虐狂和受虐狂比比皆是，他们有时会做出种种不可理喻的怪诞举动。据统计，在满月之夜发病率会更高一些，昨天是满月之夜吧。但我没发现豹儿也受到社会习俗的毒害，我对他的教育一直是很严格的。”

费新吾已经不能抑制自己的鄙夷了，他冷冷地问：“你是想让我相信，他只是人类中的精神病患者，与他体内嵌入的猎豹基因无关？”

谢教授一愣，苦笑道：“当然无关，我想你总不会相信，一段控制肌肉发育的基因能影响人性。”

费新吾大声说：“我为什么不相信？什么是人性或兽性？归根结底，它是一种思维运动，是由一套指令引发的一系列电化学反应，它必然基于一定的物质结构。人性的形成当然与后天环境有很大关系，但同样与遗传密切有关。早在20世纪末，科学家就发现有XYY基因的男子比具有XY正常基因的男子易于犯罪，他们常常杀死妓女，在公共场合暴露生殖器；还发现人类11号染色体上的D4DR基因有调节多巴胺的功能，从而影响性格，D4DR较长的人常常追求冒险和刺激。其实，人体的所有基因都与人性有联系，或多或少，或直接或间接。作为一位杰出的学者，你会不了解这些发现？你真的相信猎豹的嵌入基因丝毫不影响人性？如果基因不影响性格，那么请你告诉我，猎豹的残忍和兔子的温顺究竟是由什么决定的？难道后者是由神学院礼仪学校教出来的？”

这些锋利的诘问使教授的精神突然崩溃了，他没有反驳，而是低下头，颤颤巍巍地回到自己的卧室去了。那天晚上后，两人没有再见面。第二天一早，费新吾就从这家旅馆搬走了，他不愿再同这位自私的教授住在一起，也希望永远不要再与谢教授接触。这会儿，费新吾盯着旁听席上的空座位，心中还在鄙夷地想，对于谢教授来说，无论是儿子的横死还是田歌的不幸，在他心目中都不会占重要位置，他关心的只是自己的科学发现在科学史上的地位。

国家特派检察官柯斯马斯坐上原告席，他看见被告辩护人雅库里斯坐在被告旁边，便向这位熟人点头示意。雅库里斯律师今年五十岁，相貌普通，像一只沉默的老海龟，但柯斯马斯深知他的分量。这个老家伙头脑异常清醒，反应极为敏锐。只要一走上法庭，他就会进入极佳的竞技状态，发言有时雄辩，有时委婉，就像一个琴手那样熟练地拨弄着听众和陪审团的情感之弦。还有一条是最令人担心的：雅库里斯接手案件前有严格的选择，他向来只接那些能够取胜的（至少按他的估计如此）业务，而这次，听说是他主动表示愿当被告的律师。

不过，柯斯马斯不相信这次他会取胜。这个案件的脉络是十分清楚的，那个中国人的罪行毫无疑义，最多只是量刑轻重的问题。这时，只听书记员喊了一声：“肃静！”接着，两名穿法衣的法官和一名庭长依次走进来，在法官席上就座，宣布审判开始。

柯斯马斯首先宣读起诉书，概述了此案的脉络，然后说：“这是一起连环案，第一个被害人是纯洁美丽的田歌小姐，她挚爱着自己的恋人，却仅仅因为守护自己的处女宝就惨遭不幸，她激起我们深深的同情和对凶手的愤慨。但这并不是说田先生就能代替法律行使惩罚，血亲复仇的风俗在文明社会早已废弃了。因此，尽管我们对田先生的激愤和冲动抱有同情，仍不得不把他作为预谋杀人犯送上法庭。”

柯斯马斯坐下后，雅库里斯神色冷静地走向陪审团，做了一次极短的陈述：“我的委托人杀死谢豹飞是在两名警察的注视下进行的，他们都有清晰的证言，我的委托人对此也供认不讳。实际上，”他苦笑了一下，“田先生曾执意不让我为他辩护，他说他为田歌报了仇，可以安心赴死了。是他的朋友费新吾先生强迫他改变了主意，费先生说：‘尽管你不惧怕死亡，可你的妻子和未成年的女儿在盼着你回去！’法官先生，陪审员先生，我的陈述完了。”

他突兀地结束了发言，把两个女人的“盼望”留给陪审员。

柯斯马斯开始询问证人，警官提奥多里斯第一个做证，他详细叙述了当时的过程。

柯斯马斯追问：“看过田歌小姐的遗体后，被告的表情是否很平静？”

“对，当然后来我才知道，这种平静只是一种假象。”

“他在要求见凶手谢豹飞时，是否曾说过：‘放心，我不会冲动，我想以同行的身份同他谈谈，以便妥善了结此事？’”

“对。”

“也就是说，他曾经成功地使你相信，他绝不会采取激烈的报复手段，在这种情形下你才放他去见鲍菲·谢，是吗？”

“是的，我并不想因失察而受上司处分。”

柯斯马斯已在公众中成功地确立起“预谋杀人”而不是“冲动杀人”的印象，他说：“我的询问完了。”

律师雅库里斯慢慢走到证人面前，“警官先生，被告在杀死鲍菲·谢之前，曾与他有过简短的谈话，你能向法庭复述吗？”

提奥多里斯复述了被告当时的谈话后，雅库里斯接着问：“那么，在田歌死后，他才第一次向世人承认，他也曾暗恋着漂亮的堂妹，但他用道德的力量约束了自己，仅是默默地守护着她，把爱情升华成默默的奉献，我说得对吗？”

“对。当时我们都很敬重他，认为他是一个正人君子。”

雅库里斯叹道：“是的，一个真正的君子。我正是为此才主动提出做他的免费辩护律师。法官先生，我对这名证人的问题问完了。”

警官退场后，雅库里斯对法官说：“我想询问几个仅与田歌被杀有关而与鲍菲·谢被杀无关的证人。这是在一个小时内发生的两起凶杀案，一桩案件的‘果’是另一桩案件的‘因’，因此，我认为被询问者至少可以作为本案的间接证人。”

法官表示同意，按他的建议传来游艇上的女仆。

“请把你的姓名告诉法庭。”

“尼加拉·克里桑蒂。”

“你的职业。”

“案发时我是田歌小姐和鲍菲·谢先生的仆人。”

“请问，依你的印象，他们两人彼此相爱吗？”

“当然！我从没见过这么美好的一对情侣，这艘昂贵的游艇就是谢先生送给田小姐的。我真没有料到……”

“在四天的旅途中，他们发生过口角吗？”

“没有，他们总是依偎在一起，直到深夜才分开。”

“你是说，他们并没有睡在一起？”

“没有。律师先生，我十分佩服这位中国姑娘，她上船时就决定把处女宝留到新婚之夜再献给丈夫。她对我说过，正因为她太爱谢先生，才做出这样的决定。在几天的情热中她始终能坚守这道防线，真不容易！”

“那么，案发的那天晚上，你是否注意到有什么异常？”

“有那么一点，那晚谢先生似乎不太高兴，表情比较沉闷，我曾发现他独自到餐厅去饮酒。田小姐一直亲切地抚慰着他。我想，”她略为犹豫，“谢先生那晚一定是被情欲折磨，这对一个强壮的男人来说是很正常的，但谢先生曾赞同田小姐的决定，不好食言。我想他一定是为此生闷气。”

听众中有轻微的嘈杂声。律师继续问：“后来呢？”

“后来他们各自睡了，我也回到自己的卧室。不久我听见小姐屋里有响动，她在高声说话，好像很生气。我偷偷起来，把她的房门打开一条缝，见小姐已经安静下来，谢先生歪着头趴在她的脖颈上亲吻。我又悄悄掩上门回去。但不久，我发觉谢先生一个人在船舷上狂乱地跑动，赤身裸体，腹部好像有血迹。这时我忽然想到了电视上关于豹人的谈论。虽然谢先生那时一直隐瞒着姓名，但我发现他的相貌很像那个豹人。那一瞬间我突然意识到，”虽然已事隔一月，回忆到这儿，她的脸上仍浮现出极度的恐惧，“谢先生刚才亲吻的姿势非常怪异，实际上他不像是在亲吻，更像是在撕咬小姐的喉咙！”

她的声音发抖了，听众都感到一股寒意爬上脊背。女仆又补充了一句：“我赶紧跑到小姐的屋里，看到那种悲惨的景象，我真不敢相信自己的眼睛，因为谢先生曾经那样爱她！”

雅库里斯停止了询问：“我的问题完了，谢谢。”

由于本案的脉络十分简单，法庭辩论很快就结束了。检察官柯斯马斯收拾文件时，特意看看沉默的辩护人。今天这位名律师一直保持低调，当然，他成功地拨动了听众对凶手的同情之弦——但仅此而已，因为同情毕竟代替不了法律。看来，在雅库里斯的辩护生涯中，他要第一次尝到失败的滋味了。

田延豹在离席时，面色平静地向熟人告别，当目光扫到检察官身上时，他同样微笑着点头示意，柯斯马斯也点头回礼。他感到很遗憾，虽然不得不履行职责，但从内心讲，他对这位正直血性的凶手满怀敬意。

第二天早上9点，法庭再次开庭。身穿黑色西服的谢可征教授步履蹒跚地走进来，坐到那个一直空着的位子上。很多人把目光转向他，窃窃私语着。但谢教授却树起了冷漠之墙，高傲地微仰着头，半闭着眼睛，对周围的声音充耳不闻。

法官宣布开庭后，雅库里斯同田延豹低声交谈几句，站起来要求做最后陈述。他慢慢走到场中，苦笑着说：“我想在座的所有人对被告的犯罪事实都没有疑问了。大家都同情他，但同情代替不了法律。早在上个世纪，在廉价的人道主义思潮冲击下，大部分西方国家都废除了死刑，唯独希腊还坚持着‘杀人偿命’的古老律条。我认为这是希腊人的骄傲。自从人类步入文明，杀人一直是万罪之首，列于《圣经》的十戒之中。这是为什么？为什么杀死一只猪羊不是犯罪，而杀人却是罪恶？这个貌似简单的问题实际是不证自明的，是人类社会公认的一条公理，它植根于人类对自身生命的敬畏。没有这种敬畏，人类所有法律都失去了基础，人类的信仰将会出现坍塌。所以，人类始终小心地守护着这一条善与恶的分界线。”

检察官惊奇地看着侃侃而谈的律师，心里揶揄地想，这位律师今天是否站错了位置？这番话应该是检察官去说才对头。

雅库里斯大概猜到了他的心思，对他点点头，接着说下去：“所以，如果确认我的委托人杀了人——不管他的愤怒是多么正当——法律仍将给予他严厉的惩罚，我们，包括田先生的亲属、陪审员和听众都将遗憾地接受这个判决。现在只剩下一个小小的问题——”

他有意停顿下来，检察官立即竖起耳朵，心里有了不祥的预感。不仅是他，凡是了解雅库里斯的法官和陪审员也都竖起耳朵，看他会在庭辩的最后关头祭起什么法宝。

在全场的寂静中，雅库里斯极清晰地、一字一顿地说：“只有一个小小的问题：被告杀死的谢豹飞究竟是不是一个人？”

庭内有一个刹那的停顿，紧接着是全场的骚动。检察官气愤地站起来，没等他开口，雅库里斯立即堵住他：“稍安毋躁，稍安毋躁。

不错，在众人常识性的目光中，鲍菲·谢自然是人，这一点毫无疑问。他有人的五官，人的四肢，人的智力，说人的语言，生活在人类社会中。但是，正如大家所知道的，当他还是一颗受精卵时，他就被植入了非洲猎豹的基因片段，关于这一点，如果谁还有什么疑问的话，可以质询在座的两个证人：谢可征教授和费新吾先生。检察官先生，你有疑问吗？请你简单回答：有，还是没有。”

庭内的注意力全部转向谢可征和费新吾，但谢教授仍是双眼微闭，浑似未闻。柯斯马斯不情愿地说：“关于这一点我没有疑义，可是……”

雅库里斯再次打断了他，顺着他的话意说下去：“可是你认为他的体内仅仅嵌有极少量的异种基因，只相当于人类基因的十万分之一，因此没人会怀疑他具有人的法律地位，对吧？那么，我想请博学的检察官先生回答一个问题：你认为当人体内的异种基因超过多少才失去人的法律地位？百分之一、百分之二十还是百分之五十？奥运会的百米亚军埃津瓦说得好，今天让一个嵌有万分之一的猎豹基因的人参加百米赛跑，明天会不会牵来一只嵌有万分之一人类基因的四条腿的豹子？不，人类必须守住这条防线，半步也不能后退，那就是：只要体内嵌有哪怕是极微量的异种基因，这人就应视同非人！法官先生，陪审员先生，我想本法庭面临的是一个全新的问题，我代表我的委托人向法庭提出一个从没人提过的要求：在判定被告‘杀人’之前，请检察官先生拿出权威部门出具的证明，证明鲍菲·谢具有人的法律地位。”

柯斯马斯暗暗苦笑，他知道这个狡猾的律师已经打赢了这一仗。两天来，他一直在拨弄着法庭的同情之弦，使他们对不得不判被告有罪而内疚——忽然，他在法律之网上剪出了一个洞，可以让田先生从网眼脱身了。陪审员们如释重负的表情便足以说明这一点。其实何止陪审员和法官，连柯斯马斯本人也丧失了继续争下去的兴趣，就让那个值得同情的凶手逃脱惩罚，回到他的妻女身边去吧。

雅库里斯仍在侃侃而谈：“死者鲍菲·谢确实是一个受害者，另一种意义的受害者。他本来可以是一个正常人，虽然也许没有出众的体育天才，但有着善良的性格，能赢得美满的爱情，有一个虽然平凡但却幸福的人生。但是，有人擅自把猎豹基因嵌入他的体内，使他既获得猎豹的强健肌肉，又具有猎豹的残忍，因此才酿成了今天的悲剧。那个妄图代替上帝的人才是真正的罪犯，因为他肆意粉碎了宇宙的秩序，毁坏了上帝赋予众生的和谐和安宁。”他猛然转向谢教授，“他必将受到审判，无论是在人类的法庭，还是在上帝的法庭！”

雅库里斯的目光像两把赤红的剑，咄咄逼人地射向谢教授，但谢教授仍保持着他的冷漠。记者们全都转向他，闪光灯闪成一片。旁听席上有少数人不知内情，低声交谈着。法官不得不下令让大家肃静。

很久谢教授才站起来，平静地说：“法官先生，既然这位律师先生提到了我，我可以在法庭做出答辩吗？”

3 名法官低声交谈几句，允许他以证人的身份陈述。谢教授走向证人席，首先把《圣经》推到一边，微微一笑，“我不信《圣经》中的上帝，所以只能凭我的良知发誓：我将向法庭提供的陈述是完全真实的。”他面向观众，两眼炯炯有神，“这位律师先生曾要求权威部门出具证明，我想我就具备了这种权威身份。我要出具的证言是：的确，鲍菲·谢已经不能归于自然人类的范畴了，他属于新人类，我姑且把它命名为后人类，他是后人类中第一个降临于世界的。因此，在适用于后人类的法律问世之前，田延豹先生可以无罪释放了。”

他向被告点头示意。法庭上所有人，无论是法官、被告、辩护律师、陪审员，还是听众，都没有料到被害人的父亲竟然这样大度，庭内响起一片嗡嗡声。

谢教授继续说道：“至于雅库里斯先生指控我的罪名，我想请他不要忘了历史。当达尔文的物种起源发表后，也曾激起轩然大波，无数‘人类纯洁’的卫道士群起而攻之，咒骂他是猴子的子孙。随着科学的进步，现在已经很少有人羞于当‘猴子的子孙’了。不过，那种卫道士并没有断子绝孙，他们会改头换面，重新掀起一轮新的喧嚣。从身体结构上说，人类和兽类有什么截然分开的界限？没有，根本没有，所有生物都是同源的，是一脉相承的血亲。不错，人类告别了蒙昧，建立了文明，从而与兽类区别开来。但这是对精神世界而言。若从身体结构上看，人兽之间并没有这条界限。既然如此，只要对人类的生存有利，在人体内嵌入少量的异种基因，为什么竟成了大逆不道的罪恶？

“自然界是变化发展的，这种变异永无止境。从生命诞生至今，至少已有百分之九十的生物物种灭绝了，只有适应环境的物种才能生存。这个道理已被人们广泛认可，但从未有人想到这条生物界的规律也适用于人类。在我们的目光中，人类自身结构已经十全十美，不需要进步了。如果环境与我们不适合——那就改变环境来迎合我们嘛。这是一种典型的人类自大狂。比起地球，比起浩渺的宇宙，人类太渺小了，即使亿万年后，人类也没有能力去改变整个外部环境。那么我要问，假如十万年后地球环境发生了很大的变化，人类必须离开陆地而生活在海洋中怎么办？或者必须生活在没有阳光，仅有硫化氢提供能量的深海热泉中，生活在近乎无水的环境中，生活在温度超过80℃的高温条件下（这是蛋白质凝固的温度）怎么办？上述这些苛刻的环境中都有蓬蓬勃勃的生命，换句话说，都有可供人类改进自身的基因结构。如果当真有那么一天，我们是墨守成规、抱残守缺、坐等某种新的文明生物替代人类呢，还是改变自己的身体结构去适应环境，把人类文明延续下去？”

他的雄辩征服了听众，全场鸦雀无声。谢教授目光如炬地说下去：“我知道，人类由于强大的思维惯性，不可能在一夜之间接受这种异端邪说，正像日心说和进化论曾被摧残一样，很可能，我会被守旧的科学界烧死在21世纪的火刑柱上。但不管怎样，我不会改变自己的信仰，不会放弃一个先知者的义务。如果必须用鲜血来激醒人类的愚昧，我会毫不犹豫地献出我的儿子，甚至我自己。”

记者们都飞快地记录着，他们以职业的敏感意识到，今天是一场历史性的审判，它宣布了“后人类”的诞生。谢教授的发言十分尖锐，简直使人感到肉体上的痛楚，但它却有强大的逻辑力量，让你不得不信服。连法官也听得入迷，没有试图打断这些显然已跑题的陈述。谢教授结束了发言，居高临下地俯视着听众，高傲的目光中微带怜悯，就像上帝在俯视着自己的羔羊。然后他慢慢走下证人席，回到自己的座位上。

他的陈述完全扭转了法庭的气氛，使一个被指控的罪人羽化成了悲壮的英雄。

3位法官低声交谈着，忽然旁听席上有人轻声说道：“法官先生，允许我提供证言吗？”

大家朝那边看去，是一个60岁左右的老妇人，鬓发花白，穿着黑色的衣裙，看模样是黄种人。法官问：“你的姓名？”

“方若华，我是鲍菲的母亲，谢先生的妻子。”

费新吾恍然回忆起，这个妇人昨天就来了，一直默默坐在角落里，皱纹中掩着深深的苦楚。他曾经奇怪，鲍菲的母亲为什么一直不露面，现在看来，这个家庭里一定有不能向外人道及的纠葛。谢教授仍高傲地眯着双眼，头颅微微后仰，但费新吾发现，他面颊上的肌肉在微微抖动着。

庭长同意了妇人的要求，她慢慢走到证人席，目光扫过被告、检察官和陪审员，定在丈夫的脸上。她说：“我是 28 年前同谢先生结婚的，他今天在法庭陈述的思想在那时就已经定型了。那时，我是他的助手，也是他坚定的信仰者。当时我们都知道基因嵌接术在社会舆论中是大逆不道的，所谓始作俑者，其无后乎？率先去做的人不会有好结果。但我和丈夫义无反顾地开始去进行这件事。

“后来，我们的爱情有了第一颗果实，在受精卵发育到八胚胎期时，丈夫从我的子宫里取出胚细胞，开始了他的基因嵌接术。”她的嘴唇颤抖着，艰难地说，“不久前死去的鲍菲是我的第 7 个儿子，也是唯一发育成功的一个。”

片刻之后，人们才意识到这句话的含义，庭内响起一片嗡嗡声。妇人继续说，声音充满了苦涩：“第一个改造过的受精卵在当年植入我的子宫，我也像所有的母亲一样，感受到了体内的神秘变化，我也曾呕吐、嗜酸，感觉到轻微的胎动。体内的黄体酮分泌加快，转变成强烈的母爱。我也曾多次憧憬着儿子惹人爱怜的模样……但这次妊娠不久就被中止了。超声波检查表明，他根本不具人形，只是一个丑陋的、能够生长和搏动的肉团而已！”

她沉默下来，定是回想起当年听到这个噩耗时五内俱焚的痛楚。

不管怎样，那也是她身上的一块血肉。听众都体会到一个母亲的痛苦，安静地等她说下去。

停了一会儿，她接着说："流产之后，丈夫立即把这团血肉处理了，没有让我看见，但我对这团不成形的血肉一直怀着深深的歉疚。直到第 2 个胎儿开始在腹中搏动时，这种痛楚才稍许减轻。可是，第 2 个胎儿也是同样的命运。这种使人发疯的过程总共重复了 6 次。6 次啊，这些反复不已的锯割已经超过我的精神承受能力，我几乎要发疯了。

"不过我并不怪我丈夫，他探索的是宇宙之秘，谁能保证没有几次失败？等第 7 个胚细胞做完基因嵌接术，丈夫不愿我再受折磨，想找一个代理母亲，我坚决拒绝了。我不能容忍自己的儿子让别人去孕育。还好，这次获得了空前的成功。我满怀喜悦，小心翼翼地把这个体育天才养育成人。不过，坦率地讲，我心里一直有抹不去的可怕预感，这种预感一直伴随着鲍菲长大。这次儿子来雅典比赛，我甚至不敢赶来观看。鲍菲在赛后曾欣喜地告诉我，说他遇到了世上最美的一个姑娘，我也为他高兴，谁料到仅仅 3 天后……"

她说不下去了。法官们交换着目光，都不去打断她。妇人接着说："一月前我来到雅典，儿子和田小姐的尸体使我痛不欲生。但你们可知道，我丈夫是如何安慰我的？他说，有人说鲍菲的兽性来自嵌入的猎豹基因，他要把第八个冷藏的胚细胞解冻，进行同样的基因嵌接术，让他按鲍菲的生活之路成长，以此来推翻或验证这种结论。从那时起，我就知道我们之间的婚姻已经完结了。不错，谢先生是在勇敢地探索他的真理，百折不回，但这种真理太残酷，一个女人已经不能承受了。在那次谈话后，我立即返回了美国，谢先生，"她转向旁听席上的丈夫，"你知道我回去的目的吗？我已经请人把最后一个胚细胞植入我的子宫，但没有做什么基因嵌接术。我要以59岁的年龄再当一次母亲，生下一个没有体育天才的、普普通通的孩子！”她回过头歉然道，“法官先生，我的话完了。”

法庭休庭两个小时后重新开庭，法官和陪审员走回自己的座位，两名法警把田延豹带到法官面前。法庭里非常寂静，在前一段庭审中，听众已经经历了几次感情反复，鲍菲母亲的话把谢教授悲壮的殉道者形象重重地涂上黑色。现在，听众们紧张地等待着判决结果。

法官开始发言：“诸位先生，我们所经历的是一场十分特殊的审判。诚如雅库里斯先生和谢可征先生所说，在所有人类的法律中，尽管人们可能没有意识到，但的确有两条公理，是法律赖以存在的、不需求证的公理，即：人的定义和人类对自身生命的敬畏。现在，这两条公理已经受到挑战。”他苦笑道，“坦率地说，对此案的判决已经超出了本庭的能力。我想此时此刻，在新的法律问世之前，世界上没有任何法官能对此做出判决。刚才的两个小时里，我们已经尽可能咨询了世界上有名的人类学家、社会学家、生理学家和物理学家，他们的观点大致和谢先生关于后人类的观点相同。所以，我即将宣读的判决是权宜性的，是在现行法律基础上所做的变通。”

他清清嗓子，开始宣读判决书：“因此，根据国家授予我的权力，并根据现行的法律，我宣布：在没有认定鲍菲·谢作为‘人’的法律身份之前，被告田延豹取保释放。鉴于本案的特殊性，诉讼费取消。”

退庭后，记者们蜂拥而上，包围了田延豹和他的辩护律师。几十个麦克风举到他们的面前。费新吾好不容易挤到田延豹的身边，同他紧紧握手，又握住雅库里斯的手，由衷道：“谢谢你的出色辩护。”

雅库里斯微笑道："我会把这次辩护看成我律师生涯的顶点。"

他们看见谢豹飞的母亲已经摆脱记者，走到自己的汽车旁，但她没有立即钻进车内，而是抬头看着这边，似有所待。田延豹立即推开记者，走过去同她握手，"方女士，我为自己那天的冲动向你道歉。"

方女士凄然一笑，"不，应该道歉的是我。"她犹豫了很久才说，"田先生，我有一个很唐突的要求，如果觉得不合适，你完全可以拒绝。"

"请讲。"

"田小姐是回国安葬吗？是火葬还是土葬？"

"回国火葬。"

"能否让鲍菲和她一同火葬？我知道这个要求很无礼，但我确实知道鲍菲是很爱令妹的——在猎豹的兽性发作之前。我想让他陪令妹一同归天，让他在另一个世界里向令妹忏悔自己的罪恶。"

田延豹犹豫了一会儿，爽快地说："这事恐怕要我的叔叔和婶婶才能决定，不过我会尽力说服他们，你晚上等我的电话。"

"谢谢，衷心地感谢。这是我的电话号码。"

他们看到一群记者追着谢教授，直到他钻进自己的富豪车。

在他点火启动前，新华社记者穆明提出了最后一个问题："谢先生，你还会冒天下之大不韪，继续你的基因嵌入研究吗？"

那辆车的前窗落下来，谢教授从车内向外望望妻子、田延豹和费新吾，斩钉截铁地吐出了两个字："当然！"

图书在版编目（CIP）数据

百年守望/ 王晋康等著.—北京: 北京理工大学出版社, 2017.6
（2019.4重印）
（虫·科幻中国）
ISBN 978-7-5682-3942-4

Ⅰ.①百… Ⅱ.①王… Ⅲ.①科学幻想小说–中国–当代 Ⅳ.①I247.5

中国版本图书馆CIP数据核字(2017)第079974号

出版发行 / 北京理工大学出版社有限责任公司
社　　址 / 北京市海淀区中关村南大街5号
邮　　编 / 100081
电　　话 / （010）68914775（总编室）
（010）82562903（教材售后服务热线）
（010）68948351（其他图书服务热线）
网　　址 / http: //www. bitpress. com. cn
经　　销 / 全国各地新华书店
印　　刷 / 北京欣睿虹彩印刷有限公司
开　　本 / 880毫米×1230毫米　1 / 32
印　　张 / 7
字　　数 / 143千字
版　　次 / 2017年6月第1版　2019年4月第4次印刷
定　　价 / 38.80元

责任编辑 / 李慧智
文案编辑 / 李慧智
责任校对 / 孟祥敬
责任印制 / 李志强